近代日本文学の片隅

須田久美

目次

＊

正岡子規「仰臥漫録」 52
藤沢周平『本所しぐれ町物語』 59

事典・辞典の項目

『現代女性文学辞典』（東京堂出版、一九九〇年一〇月） 66
「稲沢潤子」「米谷ふみ子」「中野鈴子」「中本たか子」「細見綾子」「松田解子」
「冥王まさ子」「素九鬼子」「森禮子」
『芥川龍之介大事典』（勉誠出版、二〇〇二年七月） 75
「佐竹蓬平」「菅忠雄」「菅虎男」「『世界』」「『創作月刊』」「『大観』」「『大調和』」「田中純」「『中央美術』」「『中央文学』」「『早稲田文学』」「和田久太郎」「案頭の書」「伊東から」「『槐多の歌へる』推賞文」「彼の長所十八」「西郷隆盛」「蜃気楼」
「真ちゃん江」「早春」
『日本現代小説大事典』（明治書院、二〇〇四年七月） 92
「島木健作」「赤蛙」「再建」「生活の探求」「伊藤永之介」「鶯」
『社会文学事典』（冬至書房、二〇〇七年一二月） 97

小項目「戦記文学」「捕虜」「戦争犯罪」「戦争責任」、大項目「宗教」、大項目「農漁村」小項目「農村」「農民作家」「農民文学」「開拓」、小項目「買売春」、同「農民文芸会」「日本プロレタリア文芸連盟」「労農芸術家連盟」「農民文学懇話会」

『司馬遼太郎事典』（勉誠出版、二〇〇七年一二月）119

「人間について」「人間の集団について」「覇王の家」「燃えよ剣」「司馬文学と明治維新」

『藤沢周平事典』（勉誠出版、二〇〇七年一二月）128

「鼬の道」「一夢の敗北」「空蝉の女」

『室生犀星事典』（鼎書房、二〇〇八年八月）134

「ワシリイの死と二十人の少女達」「考へる鬼」「芥川賞」「菊池寛賞」「犀星俳文学賞」「野間文芸賞」「文芸懇話会賞」「室生犀星学会」「室生犀星顕彰大野茂男賞」「室生犀星詩人賞」「室生犀星を語る会」「横光利一賞」「読売文学賞」

『有島武郎事典』（勉誠出版、二〇一〇年一二月）148

「プロレタリア文学運動」「一つの提案」「文化の末路」「文芸家と社会主義同盟に就いて」「種蒔く人」「秋田雨雀」「今野賢三」

その他

はじめに

「作品を読む」九編は、二〇〇九年に『昭和の名著　戦前の文芸〈前編・後編〉』二冊分冊各五十作品で、百作品を挙げて企画されたものである。私は合わせて九作品を任され、その数は編者を含め三番目の多さであった。川端康成「雪国」までの五作は〈前編〉にあたり初校も戻したものの、その後電子化の波に襲われ、この企画そのものが延期、中止となった。せっかく書いたにも関わらず没になってしまったこれらの原稿が長く気になっていたので、今回、事典・辞典の項目執筆なども含めて、一冊にまとめることにした。それゆえ多少の選択権があったものもあるが、基本的には担当を任せられたものなので、取り上げてある作品は当然ながら偏りがある。

「作品を読む」の形式は、当時依頼された形式に則ってある。初校が戻ってきた時には、体裁が整えられてあったが、ここでは原稿提出時の形で載せた。

「事典・辞典の項目」執筆も回ってきた仕事である。十の辞典事典の項目執筆をしている。昨年デジタル版の事典の一項目に書き足す仕事をしたが、これは省いた。

『社会文学事典』は、編集委員の一人として名を連ねたことで、自分自身のもとから関心のある項目も少し担当できた。体裁はそのままにしてある。

『増補改訂　日本アナキズム運動事典』は、本来横書きであるが、ここでは縦書きにした。

また付録の「プロレタリア文学と東京」掲載の『世界文学』も横書きであるが、縦書表記とした。

渦巻ける鳥の群――黒島傳治

初版刊行年■

昭和三年［一九二八］二月発表

解説リード文■

黒島傳治の小説は、概ね「農民小説」と「反戦小説」の二つの系統に分けられるが、本作品は、一九一九年から始まったシベリア干渉戦争に衛生兵として派遣された著者が、その体験を下に創作した小説で、彼の「反戦小説」に部類される中の一つである。シベリア干渉戦争を体験しそれを描いた数少ない作家として、本作品と昭和二年に発表された「橇」は特に評価が高い。

作者プロフーィル■

黒島傳治（くろしまでんじ）

一八九八（明治三一）～一九四三（昭和一八）年。香川県小豆郡（小豆島）生れ。大正七年に入営、衛生兵となり、一〇年シベリアに派遣、翌年肺結核で送還され兵役免除。壺井繁治や川崎長太郎らの同人誌『潮流』に参加し、デビュー作「電報」を発表。ほかに長編小説『武装せる市街』『軍隊日記』などがある。

作品のアウトライン■

【一中隊全滅の悲劇】

吉永や松木、武石らは、シベリアに派遣されてまだ二年ばかりしか経っていなかったが、もう十年家を離れ日本を離れているような気がしていた。彼等は内地にあこがれ、家庭を恋しがっていた。けれども彼等の周囲にあるものは、果てしない曠野と煉瓦の兵営と撃ち合いばかりであった。彼等は何故誰のためにシベリアに派遣されたかが理解ができなかった。

日本軍の兵営の近くには、以前からシベリアに住んでいた者のほか、革命を恐れて逃げ来た者もいたが、皆生活に窮していた。それらの家の子供達は、毎日洗面器を抱えて日本軍の食べ残しを貰うためににやって来るのであった。時々は老人や若い娘がやってきた。兵隊たちは逆に、家庭的雰囲気を味わいたいために、また若い娘を目当てにロシア人家庭を目指すのであった。兵隊だけでなく「松木の八十五倍以上の俸給を取っているえらい人」も同じであった。

吉永の中隊が大隊と分かれてイイシ守備に行くことになった。その出発前夜、武石と松木はガーリャの家を訪ねた。ガーリャの家にはすでに大隊長である少佐がいたのであった。だが二人は誰が来ているのかが分からない。その人物すなわち少佐がガーリャに相手にされず家を出て行った後に、二人は家に入り誰が来ていたのかを尋ねるものの、ロシア語で答えられたので結局分からずじまいであった。ガーリャの家を出た少佐は、屈辱と憤怒とを我慢して本部の方に向かって大股で歩いていたのだが、ふと踵を返してガーリャの家の窓の下に歩み寄った。そしてカーテンの隙間から部屋の中を覗いた。そこに二人の一等卒の姿を見た。彼は嫉妬と憤怒からその場で怒鳴りつけようかと思ったが、それを押さえ前より二倍くらい大股で連隊へ飛んで帰った。そして不時点呼を取るのであった。「一隊の兵士が雪の中を黙々として歩いて行った。疲れていて元気がなかった。」その中隊は、松木と武石の所属する中隊であった。吉永の中隊ではなかった。草原も、道も、河もすべて雪で覆われていて、どちらへ行けばイイシに行けるか分からなかった。斥候が出されている。松木と武石である。点呼にいなかったため少佐の命令で罰として彼等の中隊が、イイシに向かうことになったのであった。そして中隊長からの罰として斥候に出されていた。

「薄くそして白い夕暮れが、曠野全体をおおい迫ってきた。」中、「どちらへ行けばいいのか！」「一個中隊すべての者が雪の中で凍死する、そんなことがあるものだろうか？　あってもいいものだろうか？」「少佐の性欲の犠牲になったのだ」といった表記が続き、「なぜ、シベリアへ来なければならなかったのか。それは、だれによこされたのか？　そういうことは、もちろん、雲の上にかくれて、彼等にはわからなかった。」と展開する。

とうとう松木が最初に倒れ、次に武石が倒れ……。倒れた兵士の上に容赦なく雪は降り続けた。春が来て、黒い鳥の群れが空中に渦巻いているのを見ることになるのであった。

【シベリアに派遣された兵隊は労働者や農民たちであった】

「渦巻ける烏の群」は昭和三年二月の『改造』に発表された。伏字だらけで読み取ることは難しかったかと思われる。その後『橇』（三年八月、改造社）、『氷河』（五年一月、日本評論社）、加筆修正されて『明治大正（昭和）文学全集51』（六年七月、春陽堂）に収録された。

黒島傳治の作品傾向は、概ね「農民もの」と「反戦もの」とに分けられる。この作品は「橇」と共に黒島傳治の「反戦もの」の代表作である。けれどもこういった反戦小説に出てくる兵隊たちはほとんど労働者農民なのである。彼等は何のためにシベリアに連れてこられたかのがわからないでいる。戦争をしたくてやってきたのではないと発言する。「橇」においては、自分たちが戦争をしなければいいんだとも考えたりする。そして相手は自分たちと同じ労働者農民なのであった。もちろん歴史的観点から見ても、「シベリア出兵」そのものが干渉戦争として、日本軍にとって名目を失った戦争なのである。

なお、黒島の反戦小説には、シベリア干渉戦争を扱ったものが主ではあるが、ほかに昭和五年一一月、日本評論社から刊行された長編『武装せる市街』がある。これは昭和三年五月、中国山東省の済南に出兵した日本軍と国民等北伐軍との衝突事件である済南事件を取材しての書き下ろし小説である。シベリアを舞台にした「橇」や「渦巻ける烏の群れ」での構成は、反戦小説ではあるが、作者自身がシベリアに派遣され、その渦中にあったこともあってか主観的要素が強く、しかし叙情的な面もあり、歴史的な見方に於いての不十分さが否めない。『武装せる市街』は取材を通してその戦争そのものを客観的に見ることもでき、反戦の主張も進化している。）

エピソード■

岩波文庫版「渦巻ける烏の群」は、『明治大正（昭和）文学全集51』所収の系統で、他に収録されているものと大きな異同がある。他のものは概ねそれ以前のものである。両者を見比べると岩波文庫版に過激さを感じるかと思われる。

ブックガイド■

『渦巻ける烏の群』（岩波文庫、一九五三）
『橇・豚群』（新日本文庫、一九七七）
『橇・豚群』（講談社文芸文庫、二〇一七）
『黒島伝治作品集』（岩波文庫、二〇二一）

太陽のない街

徳永　直

初版刊行年■

昭和四年［一九二九］刊

解説リード■

大正一五年日本の大きな争議の最初の共同印刷争議を体験した作者が、その体験を下にして書いた作品。「太陽のない街」と呼ばれる小石川の「谷底」にある「東京随一の貧民窟トンネル長屋」に住む印刷会社の労働者達の生活と闘争を描いたもので、外国語翻訳も多く海外でも評判を呼んだ小林多喜二「蟹工船」と並ぶプロレタリア文学の代表作。

作者プロフィール■

徳永直（とくながすなお）

一八九九（明治三二）～一九五八（昭和三三）年。熊本県生まれ。小学校中退後、印刷工見習、地方新聞社の文選工、熊本煙草専売局職工など転々した後上京、共同印刷の前身の博文館印刷所植字工となる。共同印刷争議の幹部として活動し解雇。「能率委員会」「約束手形三千八百円」「はたらく一家」「妻よねむれ」などがある。

作品のアウトライン■

【資本家と労働者との闘い】

摂政宮が小石川高台にある高等師範学校に行啓で通過した後、道筋に密集していた群衆にビラがまかれた。それは、

親愛なる小石川区民諸君!!

並東京市民諸君に愬う!!

吾々大同印刷会社従業員三千、家族一万五千人の争議団は、横暴なる大資本家大川社長の奸策に拠って、鋳造課三十八名の馘首を名とし、吾々の組合出版労働を根本より打ち砕き一万五千の糊口を飢餓に陥れんとする悪辣なる魔手に対抗して、既に五十余日を闘って来た。吾々の所属する全日本労働組合評議会及び全国の労働者団体より熱誠なる支持応援を得て、飽くなき大資本閥大川と闘い、全日本無産者階級の最前線に於ける吾々の牙城を一歩も退《ひ》かしめざるべく、必勝を期しているものである。

（略）

一九二六年十月十日

大同印刷争議団

小石川区民有志

というものであった。

高等師範学校が立っている高台の下は、千川沿いの谷底にある街で、「太陽のない街」であった。そこには「東京随一の貧民窟トンネル長屋」があり、そこに住む印刷会社の従業員たちは、争議が長引くにつれて生活が逼迫してきた。

高枝は組合婦人部に属する活動家だが、ストライキ中で苦しい生活状態のために行商に出ていた。病気で動けない父は、組合活動を理解できず会社に恩を感じているため、会社に背かないで工場に出ることを高枝の妹加代に勧めるのであった。

労働者は労評の指導の下に秘密指導部を作った。会社側も社長の大川を中心に陣容を整えて、市議会や警察の協力も得た。労使間の溝は深まるばかりであった。会社側は組合員への切り崩しや暴力団を使っての弾圧、さらには官憲を利用しての検束も行われた。

争議団の班会議の会場で演壇に立った高枝も検束された。間もなく釈放されたのだが、妹加代も検束された。高枝は妹を救出するために組合指導層の萩村と弁護士に相談に行った帰りに、会社側が雇った暴力団に襲われる。萩村は重傷を負ったが、高枝は彼を介抱しているうちに恋に落ちた。

会社側は他の会社とも連携して労働者に攻勢をかけてきた。王子製紙で、支援に出かけた争議団と警察との間で流血の大衝突が起きた。これを機に官憲の圧力がより強まった。組合側は全国の組織労働の支援にも拘らず、次第に疲弊し、裏切り者が出、流言が飛び、動揺が起こり、敗色が濃厚になった。

加代はやっと帰宅できた。だが脚気が悪化し亡くなる。長い戦いの後、班長会議で敗北を認めた。最後の大会が開かれそこで班長会議の意向が伝えられると、「団旗は俺達のものだ」と青年達が争議団旗を奪い、「旗を護れ」と叫んだ。

【労働者が描く労働者の文学】

大正一二年九月一日の関東大震災後、東京は新たに近代化、都市化が進んだ。そこには機械化の波が押し寄せ、商工業が飛躍的に伸びた。が同時に産業の合理化が計られていく。電化、原燃料の節約、品種の規格化、労働強化と人件費削減、こういったものが労働者を低賃金重労働で追い詰めていった。その一つがそして典型的象徴的出来事が、大正一五年一月一一日から三月一七日までの共同印刷争議六七日間抗争であった。

作者はこの争議を労働者として、そして組合の指導者として体験したのであった。しかしこの争議は敗北に終り、同僚約一七〇〇名とともに解雇されることになる。仲間と共同印刷生産組合を作り組合運動を起こしたがこれも失敗した。

この共同印刷争議を素材にした小説が「太陽のない街」である。小説であるから実際の出来事の日付や会社名、人数など相違はあるが、ともかくも昭和四年六月から九月と一一月に『戦旗』に発表され、一二月に書き下ろし部分も含めて、戦旗社から『日本プロレタリア作家叢書』の一冊として刊行された。五、六月の『戦旗』には、小林多喜二の「蟹工船」も発表されていてプロレタリア文学の隆盛を示すものであった。ともに蔵原惟人の「プロレタリア・レアリズムへの道」理論、階級的自覚、階級的創造を意識して書かれている。　徳永は「私が「太陽のない街」を書き始めた動機も、決して創作だとか、文壇だとか云った考慮は何もなされてなかった。（略）創作の型は全然無視した。労働者が工場から帰って疲れた身体には、一行だって読めそうもない創作は、全然無視することにした。」と記し、多くの労働者に読ませることを意図したのであった。

翌年二月、日本プロレタリア演劇同盟加盟劇団の左翼劇場脚色、村山知義演出の「太陽のない街」は築地小劇場で公演、連日満員になった。

単行本の表紙は柳瀬正夢によるが、これも際めて印象的なものである。

なお、昭和五年（一九三〇）一二月に中央公論社から刊行された『失業都市東京』は、『太陽のない街』の続編である。

エピソード■

徳永直が妻に先立たれ壺井栄の妹と再婚するが、二か月で別れることになった。その経緯を壺井栄が「妻の座」として発表した。さらに栄は徳永の三度目の結婚、破婚をヒントに「岸うつ波」を執筆し、それに対して徳永は「草いきれ」を発表し、モデル問題について論争化した。

ブックガイド■

『太陽のない街』（岩波文庫、一九五〇）

『太陽のない街』（主婦の友社、二〇〇八）

若い人——石坂洋次郎

初版刊行年■

上巻　昭和一二年〔一九三七〕二月
下巻　昭和一二年〔一九三七〕一二月

解説リード文■

女学校の教員としての体験を下にした青春小説。重苦しい時代にもかかわらず、リベラルな女学校を舞台にして、恋に悩む若い人達を描き、明るい雰囲気もある作者の出世作。後編進行中の昭和一一年一月に第一回三田文学賞を受賞し、さらにまだ完結しないうちに映画化もされた。以後何度も映画化され、テレビドラマ化された大ヒット作品である。

作者プロフィール■

一九〇〇（明治三三）～一九八六（昭和六一）年。青森県弘前市生れ。弘前中学を経て慶応大学文学部卒。青森県立弘前高女、秋田県立横手高女、同横手中学などで教員生活を送りながら、小説を執筆。昭和一四年教職を辞し上京、本格的に作家生活に入る。「麦死なず」「青い山脈」「陽のあたる坂道」などがある。

作品のアウトライン■

【若い男性教員の若い女性教員と女生徒の間で揺れる恋】

間崎慎太郎は、北国の港町にある自由博愛主義を標榜する米国系ミッション・スクールの二六歳の青年教師である。彼は国語を担当している。六月のある日、彼は五年B組の江波恵子の「雨の降る日の文章」という課題作文を読んで激しい衝動に打たれた。その内容は、母子家庭で「私生児」として生まれ育った美少女の早熟で退廃的な怪しい魅力を放った告白であった。

間崎はその手紙を、二年前に同期で赴任した女子大出の容姿端麗で進歩的な思想の持ち主である若い女性教員橋本スミ先生に見せるのであった。橋本先生は、「認識のない生活は嫌いです」と言って、江波の考え方に真っ向から反撥し、もし江波を「豊かなすばらしい女になれる」ように指導するつもりなら結婚することだと言う。間崎は「そんなのは困りますね……僕は教師だから」と否定すると、「ではピッタリお止めになったほうがいい」と言い微笑するのであった。

間崎は、この健康的で理知的な橋本先生と病める魂を持つ美少女江波恵子との間で、自分ではリベラルな中庸主義と信じている自己欺瞞に振り回される。

修学旅行を引率した間崎は、急速に江波と接近することになる。一方、橋本はその頃間崎のリベラルで物分かりのよい中庸主義的な生き方に批判を持ちながらも感情的に彼に魅かれている自分に気付く。しかし橋本にはマルキシズム信奉があり、間崎に魅かれるのは自分の理論の低さにあると考え、彼と距離を取ることを決意するのであった。それゆえ彼女は修学旅行から戻ってきた間崎によそよそしい態度を取った。そして彼女は自分の下宿に町の青年、商業学校の生徒や労働者を集めて、非合法の左翼運動の研究会を開くのであった。

三学期の雪の降る日に、間崎は橋本の下宿を訪ねた。研究会開催中ゆえ別の部屋で待たされていた間崎であったが、いたたまれなくなり黙って部屋を出、江波の母が開いている料亭に行った。そこで船員同士の喧嘩の仲裁に入り、かえって巻き込まれ大怪我を負い、そこに泊まった。その次の夜、江波恵子と結ばれる。橋本は、このことを察知して、より一層左翼活動に進んでいくのであったが、とうとう警察に検挙されることとなった。

敏感で怜悧な江波は、橋本のこのような行為の理由を読み解き、橋本の冷たい留置場の中で間崎を思っている心情も、またそのような橋本を思っている間崎の心情も読み取れるがゆえに、そして自分の生活を清算するために、間崎の頬に平手打ちをして決別を図るのであった。

それから三日後の正午近い頃、上野行きの東北本線急行列車内に間崎の懐にもたれて眠っている橋本の姿があった。同じ頃卒業式が行われていて、そこで「蛍の光」を歌っている江波の姿も見られた。

【大ヒットのかげに……】

「若い人」は、昭和八年五月から一二年一二月までの五年間、断続的に『三田文学』に連載された。一二年二月に九年九月までの二五章を纏めて改造社より上巻が刊行され、同年一二月に一〇年三月から始まった二四章が纏められた下巻が同じく改造社より刊行された。その間の昭和一一年一月に、第一回三田文学賞を受賞した。一二年一月には、早くも豊田四郎監督によって映画化もされた。

川端康成は、「若い人」が発表されてすぐに「石坂洋次郎氏の「若い人」は、米国系キリスト協会経営ミッション・スクウルの若い男教員と、若い女教員と、一女学生との愛の三角関係、といふよりも、三角関係の心理的伏線を暗示しながら、健康な女と病的な女との性格を描いたものである。いや、女学生の魂の病気の痛ましさを、いささか詠嘆をまじへて解剖したと見るべきであろう。」と評しつつ、「石坂氏は並々ならぬ作家である。「若い人」がもし長編の発端であるならば、続稿を期待する者は私一人ではあるまい」と述べている。

もともとは二〇〇枚の予定で書かれるはずの小説であったが、締切日までに完結せずに一四〇枚分の三章までか八年五月号に発表された。その三章までだけに対する評価であったが、川端だけではなく多くの評者が高い評価を与えた。また多くの読者を魅了した。六月号に続稿八〇枚の六章までが発表されさらに評判は拡がった。ここに至って長編化されることになった。ところで「若い人」連載期間の一一年八月に『文芸』に「麦死なず」を発表している。これは当時の作者が体験した家庭の危機を描いた作品で、これもまた世評を得た。

さて「若い人」の成功で『朝日新聞』から連載小説を依頼されたのだが、それが知れるや右翼団体に不敬罪、軍人誣告罪で告訴された。東京への修学旅行の場面に問題があるとされたようであったが、後日不起訴になったものの、これによって一三年一一月に、およそ十三年半の教員生活を依願退職することになり、翌三月一家を上げて上京することとなった。

エピソード■

大正一二年（一九二三）六月、石坂洋次郎は鎌倉建長寺に居た同郷の私小説作家葛西善蔵を訪ねた。

以後昭和三年（一九二八）七月、葛西が亡くなるまで交渉があった。その間に、葛西の代筆もしていた。それは、「葛西善蔵氏の覚書き」などの随筆や、小説「金魚」などに示されている。

ブックガイド■

『若い人』（新潮文庫、二〇〇〇）

白夜

村山知義

初版刊行年■

昭和九［一九三四］年五月『中央公論』に発表。

解説リード文■

昭和八年二月二〇日の小林多喜二虐殺と、六月の共産党幹部の佐野学、鍋山貞親の転向声明「共同被告同志に告ぐる書」発表によって、多くの左傾した人達が転向をした。作者もその一人である。本作品は、転向後の転向を避けることができなかった自己呵責と挫折感を語った転向文学の先駆け的作品である。

作者プロフィール■

村山知義（むらやまともよし）

一九〇一（明治三四）～一九七七（昭和五二）年。東京生れ。東大を中退しベルリンに渡り、表現派、構成派の美術、演劇、舞踊などに熱中。ミュンヘンの万国美術展に二点入選。帰国後柳瀬正夢らと前衛美術団体「マヴォ」を結成。劇作家、演出家、舞台装置家としても活躍。「暴力団記」「東洋車両工場」などがある。

作品のアウトライン■

【自分自身の弱さゆえの強い意志ある人物への尊敬】

「労働者の子供たちに読んでもらう小さい雑誌」の編集長になった鹿野のり子は、戦闘的意力的な左翼作家鹿野英治と結婚して七年になる。しかし結婚当初からの苦労の連続で、結婚に対して疑念を抱いていた。そんななか英治は、のり子よりも五、六歳年上の新劇女優で夫のいる佐伯みずほと結婚したいから別れてくれ、と言い出した。

これまで英治の我儘に耐えてきたのり子は、最初英治の相手が佐伯みずほと聞いて「ほっと」して、「そうしてもいいわ。」と言ったのだが、その瞬間「彼女の心は、激烈な「ノー！」に変わったのである。鹿野は思いがけなく簡単に済んだので、不機嫌はどこへやら、たいとうたる顔附になつている。それを見ていると、のり子は、噴出するような絶望的な泣き声をあげて泣きだした。」のである。のり子にとって、七年の結婚生活の忍従が蘇ってきた瞬間なのであった。のり子に別れを切り出した英治ではあったが、佐伯みずほには振られてしまった。みずほはいろいろな思惑を持って行動していたのであった。

英治は「性来のエゴイズムと負けず嫌いから、佐伯みずほに対しては、決然たる思い切りを自分の心に命令」し、同時に「家庭の崩壊をふせぐため」に努力した。

英治は意力的で負けず嫌いな性質を発揮して自分達が属している芸術団体の活動に大きく貢献した。英治は委員長に選ばれ、「有能な幹部であることを示しはじめた」が、「指導的理論家」ではなかった。「指導的理論家」はむしろ木村壮吉であった。

のり子は雑誌の編集の相談を重ねているうちに、木村壮吉に惹かれていく。だが木村は消え去っていた。それから一年半経ったある日の明け方、英治が検挙された。それと同じ頃木村を始め二十何人かが検挙されていた。　英治は警察にいる間に「木村が、自分とちがって、最後まで一と言も云わなかつたことを知り」、自分にはできないことであると認め自責の念に駆られる。加えて彼が多少軽蔑していた松井信造までもが木村と同じく無言を通しえたことに、長年積み上げてきた自信を失ってしまう。

刑務所に移って二年以上経っての年の暮れ、英治は転向をして保釈になった。英治にとってのり子は本当に大事な存在になったのだが、のり子の気持ちは木村に傾いていた。彼女は英治に木村とのなれそめを語り出すのであった。英治はのり子の恋愛相手が木村であることが分かると、二人を結び合わせて考えてみて、「それがどんなに必然的なものであるかをたちまち了解」するのであった。彼には「自分と木村との間の人格的な距離を前から認めていた」のだが、それが「今ではもう越え難い距離となつていた」ことをも知っていた。

のり子の話を聞きながら英治は深い絶望に襲われた。それは妻の心が「他人の心と結びつき、その人は到達しがたく自分よりすぐれ」ていて、そして「この結びつきはたとえどんなことが起ろうと絶対に変ることのないものである」と知ったからである。だから彼はのり子と木村が結婚したならばどんなに幸福で美しい生活を送れるかを想像するのであった。けれども英治にとってものり子は絶対に離したくない存在となっていた。英治は決心しているのり子も自分と同じように「長い白夜のなかを彷徨しているのではあるまいか」と思うのであった。

【転向する心、転向した自責の念】

大正一〇年、一高を卒業し東大哲学科に入学するも、年末にベルリン大学で原始キリスト教を学ぼうとして翌年一月にベルリンに渡った村山知義であったが、美術、演劇、舞踊などに熱中した。一二年一月に帰国し、五月には日本初の個展「村山知義、意識的構成主義的小品展覧会」を開き、一三年七月、「マヴォ」を結成。一二月には築地小劇場のカイゼル「朝から夜まで」の舞台装置を担当した。一四年一〇月、日本プロレタリア文芸聯盟創立大会に出席し、美術部員となる。アナーキズムからコミュニズムに近づいていった。昭和五年に治安維持法によって一回目の検挙。昭和六年に日本共産党入党。蔵原惟人らとともに日本プロレタリア文化連盟（コップ）結成のために努力する。七年四月コップ弾圧で検挙され、八年一二月「革命的な芸術運動」は続けるが「政治活動」はしないと誓って転向し保釈となる。九年三月、東京控訴院で懲役二年、執行猶予三年の判決が下る。本作品は同年五月『中央公論』に発表され、一〇年五月の竹村書房から『白夜・劇場』に収録された。主人公鹿野が、蔵原惟人をモデルにしたらしい非転向の木村に対して、思想的、人間的にも及ばないと感じ、自己呵責と挫折感のうちに「長い白夜のなかを彷徨している」ように感じるという作品である。

初期の転向文学は、完全転向ではなく革命的政治活動を放棄することで、まだプロレタリア文学作家として活動する余地は残されていたのだった。それゆえ転向作家達は、共産主義の正当性を信じつつも良心に背いて政治的・思想的に敗退した自己の弱さや恥をさらけ出し、非転向者との対比に於いて苦渋に満ちた自己検証をしたのである。良心の呵責を私小説的な方法で語るのであった。

エピソード■

作者は三回検挙投獄されている。三回目は昭和一五年治安維持法違反で検挙され、新協、新築地の両劇団は解散に追い込まれた。一六年に起訴され巣鴨刑務所に送られた。翌年保釈され、一九年懲役二年執行猶予五年で執筆や演出を禁じられ、肖像画を描いて暮らしを立てていた。

ブックガイド■

『現代日本文学大系58　村山知義　久保栄　真船豊　三次十郎集』（筑摩書房、一九七二）

雪国――川端康成

初版刊行年■

昭和一二年［一九三七］刊

解説リード文■

書き出しの文章や「鏡の底には夕景色が流れていて、つまり写るものと写す鏡とが、映画の二重写しのように動く」という列車の窓ガラスを通した外の光景と、それが鏡の役割もしていて列車内の娘を写し出しているという表現も際立って優れている。雪国の温泉を舞台にした川端康成の代表作であるとともに、昭和文学史上の名作でもある。

作者プロフィール■

川端康成（かわばたやすなり）

一八九九（明治三二）～一九七二（昭和四七）年。大阪市生れ。幼くして両親を失い、祖父母と暮らすも七歳で祖母も亡くなり、一五歳になる直前に祖父も没し、天涯孤独の身となる。東大文学部卒業。菊池寛の知遇を受け『文芸春秋』同人、のち横光利一らと『文芸時代』を創刊。「伊豆の踊子」「千羽鶴」「山の音」「眠れる美女」などがある。

作品のアウトライン■

【国境《くにざかい》の長いトンネルを抜けるとそこは雪国であった】

舞踊批評家とはいうもののほとんど仕事をしていない島村は、年末に国境《くにざかい》の長いトンネルを抜けて上越の温泉街にいる馴染みの芸者駒子に会いに行く。その列車の窓ガラスに、病人相手にまめまめしく世話をする葉子を見たのであった。「鏡の底には夕景色が流れていて、つまり写るものと写す鏡とが、映画の二重写しのように動くのだった。登場人物と背景とはなんのかかわりもないのだった。しかも人物は透明のはかなさで、風景は夕闇のおぼろな流れで、その二つが融け合いながらこの世ならぬ象徴の世界を描いていた。」

島村は初夏に初めて会った時から駒子の清潔な魅力に惹かれた。しかし島村は友達関係でとどめようと思う。けれども二人は深い関係になった。そのことは左手の人差指だけが、「はっきり思い出そうとあせればあせるほど、つかみどころなくぼやけてゆく記憶の頼りなさ」よりも、「これから会いに行く女をなまなましく覚えている」のであった。そしてそのことを思いながら、駒子のいる温泉地に列車で向かう島村であった。

島村は駒子の住んでいる師匠の家に行き、葉子と会う。彼女と列車で一緒にいた男は行男といい、師匠の息子で二六歳、肺結核で故郷に死にに帰ったということ、そして駒子の許婚者であったことを知る。だが駒子は行男を愛してはおらず、むしろ葉子が死に行く彼を愛しているのを知るのであった。

けれども駒子は婚約者行男の療養費を稼ぐために芸者になったのであった。島村は駒子のそういった行為を彼女の徒労だと思うのである。

島村が帰京する際、駒子は駅まで見送りに来るが、そこへ葉子が息切れしながらあわただしく駆けて来た。葉子は、行男の様子が変だからすぐ帰るようにと伝えるのだが、駒子は「さっと顔色がなくなったが、思いがけなくはっきりかぶりを振っ」て、「お客さまを送ってるんだから、私帰れないわ」と言うのであった。島村は驚き「見送りなんて、そんなものいいから」と、葉子と共に駒子を帰そうとするのだが、駒子は言うことを聞かずに一人先に葉子を帰すことになる。

「国境の山を北から登って、長いトンネルを通り抜けてみると、冬の午後の薄光はその地中の闇へ吸い取られてしまったかのように、また古ぼけた汽車は明るい殻をトンネルに脱ぎ落して来たかのように、もう峰と峰との重なりの間から暮色の立ちはじめる山峡を下って行くのだった。こちら側にはまだ雪がなかった。」往路の「トンネルを抜けると雪国だった」のに対し、復路の光景が語られる。だが、「窓はスチイムの湿気に曇りはじめ、外を流れる野のほの暗くなるにつれて、またしても乗客がガラスへ半ば透明に写るのだった。あの夕景色の鏡の戯れであった」のである。一〇月、三度目の「雪国」訪問で島村は、純粋な愛を彼に示す駒子に対して、応えることができず、長逗留を終わらせることを決意し加えてもうここには来られないと考え、縮みの里へ行く。そこで火事に遭うのであった。

【清水トンネル完成と上越線全通から始まる物語】

「国境《くにざかい》の長いトンネルを抜けると雪国であった」は、あまりにも有名な冒頭文であるが、これは当時斬新であるとともに時代を捕らえた表現あった。上野《こうずけ》の国（群馬県）と越後《えちご》の国（新潟県）を繫ぐ全長九七〇二メートルの、それまで日本国内にはなかった長いトンネルである清水トンネルが完成したのは、昭和六年（一九三一）のことであった。

これ以前、東京から新潟に行くには、主に信越本線経由、すなわち高崎から長野、直江津を通って新潟に向かっていたのだが、上越線全通によって、約百キロ、四時間の短縮となった。トンネル開通によって、古くからあり江戸時代は三国街道の宿場町でもあった湯沢温泉が栄えることになった。つまり「雪国」冒頭文は、上越線全通の象徴として捕らえられ、舞台が湯沢温泉であることも想定される。

その「雪国」冒頭の場面は、昭和一〇年一月の『文芸春秋』に、「夕景色の鏡」として発表された。同月『改造』には「白い朝の鏡」も発表していて、これに続いて一一月「物語」（『日本評論』）、一二月「徒労」（『日本評論』）、一一年八月「萱の花」（『中央公論』）、一〇月「火の枕」（『文芸春秋』）、一二年五月「手毬歌」（『改造』）と各種雑誌に発表、それらと加筆したものとを合わせて、六月創元社より『雪国』として刊行された。

ただその後も、一五年一二月「雪中火事」（『中央公論』）、一六年八月「天の河」（『文芸春秋』）、二一年五月「雪中火事」と「天の河」を改稿した「雪国抄」（『晩鐘』）、二二年一〇月「続雪国」（『小説新潮』）と加筆修正があり、二三年一二月に創元社より完結本『雪国』が刊行され、その後四六年八月に牧羊社より定本『雪国』が出された。

エピソード■

昭和二三年一二月の完結本『雪国』の「あとがき」で、「愛読されるにつれて、場所やモデルを見たがる物好きもあり」と記し、駒子のモデルは実在するが小説とは著しく違うと述べている。そして今では小説の舞台が越後湯沢であることは知れているが、実は本文には出ていない。

ブックガイド■

『雪国』（新潮文庫、岩波文庫など）

生活の探求

島木健作

初版刊行年■

正編　昭和一二年［一九三七］刊
続編　昭和一三年［一九三八］刊

解説リード文■

国家権力による弾圧が厳しくなってきた時代にあって、転向を余儀なくされた著者の、自らの体験を下に知識人の生き方を追及した作品で、当時の若い知識人、学生を中心に大きな話題と共感を呼んだ。正編は数十万部のベストセラーとなり、続編もまた正編の半分近くの売上を示し、若い知識人たちに農村回帰をもたらした。

作者プロフィール■

島木健作（しまきけんさく）

一九〇三（明治三六）～一九四五（昭和二〇）年。本名朝倉菊雄。北海道生れ。二歳の時に父と死別。苦学して東北帝国大学法文学部選科入学、翌年退学、農民運動に参加。さらにその翌年日本共産党に入党するも、検挙され投獄、公判延で転向を声明。「癩」「獄」のほか心境小説「赤蛙」がある。

作品のアウトライン■

【農業従事者の家に育った息子が大学に入学したものの退学して農業を継ぐ】

「今年大学にはいつた息子の杉野駿介は、病気が治り、健康がすつかりもとに返つても、なぜか東京へ帰らうとはしなかつた。彼は高等学校から大学に進むとほとんど同時に、まだ新学期も始まらぬうちに、感冒から肺炎をひき起して倒れたのだった。一時は危険だったが幸に命をとりとめた。東京の病院を出るとすぐに、病後の養生のために田舎の家へ帰つてもう三月からになる。」

農業家庭の子杉野駿介は、苦学してせっかく東京の大学に入ったものの、都会の知的な学生生活に疑問を抱きだしていた。肺炎となりその養生のために瀬戸内海に面した故郷に帰って来た駿介は、都会生活とは対照的な農村に於けるひたすらな肉体労働の生活、生産活動の中に、それまでは感じることはなかった新たな生きがいを見つけたのである。それゆえ彼は快癒後も大学には戻らずいた。ただ親達は二年振りの帰郷で、加えて病後なので一日でも長く自分達の手元においておきたいという気持ちを持ちつつも、駿介がどうして大学に戻らないのかが分からずに不安でいた。地方で農業を営んでいる親にとって、早くから自分達の傍を離れて、異なった環境で成長した自分の息子に、遠慮や気兼ねがあって自分たちの不安を口に出せないのであった。それは駿介の身に付けた都会的なものや、知識的なものに起因した障碍《がい》なのであるが、それは同時に親にとって自分の息子の成功を努力の賜物として見る喜ばしい障碍なのであった。

こうしたなか駿介は、経験豊かな父と一緒に煙草栽培などの農業に従事することになるのであった。そして不合理な役所の前近代的な制約に対しては交渉し、苦労しながらも煙草畑を増段することに成功を収めた。駿介は、農村に生きる人間として新たなる自信と勇気とを得るのであった。

続編では、小作料問題、村の衛生組合や道路愛護会等の仕事に奔走しているうちに、駿介は村民の信頼を得るようになる。しかし突然彼の良き理解者である父が亡くなってしまう。駿介は自分に確固たるプログラムが欠けていたことを反省し、それを得るために再び上京するが、自分の信念の正しさを確かめ帰郷する。その後に腸チフスにかかるが、それが癒えたら「真に土に生きるものとなろう」と決意する。そうして農繁期の託児所建設を成功させ、さらに大きな責任を感じるのであった。

【学生運動から農民運動へ、そして転向】

島木健作の本名は朝倉菊雄である。彼は二歳の時に父と死別し、高等小学校一年修了時で中退して働かなくてはならなくなった。けれども文学や社会科学に興味を抱き、苦学して大正一四年東北帝国大学法文学部選科に入学したのだが、学生運動に身を投じ、翌年大学を辞め日本農民組合香川県連合会木田郡支部書記として農民運動に加わるようになり、昭和二年日本共産党に入党した。翌三年二月、官憲糾弾の批判演説会に出かけるところを検束され、三・一五事件と重なってそのまま起訴・収監に至り、一審で五年の刑を判決された。

彼は、四年の控訴審公判廷で転向声明を発した。五年に刑期を三年に軽減されて有罪が確定、三月に既決の獄に移る。七月に喀血のため病監に、のち隔離病棟に移されて癩患者と隣り合わせになる。

七年三月に仮釈放されて出獄した。八年には日本に於ける農民運動史を執筆しようと思ったのであるが、転向問題がひっかかり加えて流行性感冒にかかり倒れ断念する。これが一つの契機となって文学への道に希望を見いだすのであった。獄中体験が小説家島木健作を誕生させたのであった。

島木は獄中体験を、九年四月に『文学評論』に発表した第一作目の「癩」や七月に『中央公論』に発表した「盲目」などを著した。それらを纏めて第一創作集『獄』（ナウカ社）が刊行されたのである。つまり、島木は初めから転向作家として登場したのであった。

一二年六月に中央公論社から刊行した転向問題を突き詰めた長編『再建』が発売禁止となり、大きな打撃を被ったものの、すぐにこの『生活の探求』（同年十月、河出書房）を書き下ろしたのである。島木は、ここで転向を政治や組織の問題として捕えず、生産と実践的求道的行為の過程のなかで、「第一義の道」を見いだそうとして書いたのであった。これが当時の知的青年層に受け、ベストセラーとなった。そして翌年に続編が書かれることとなった。転向文学の完成された一典型として挙げられる作品である。

エピソード■

昭和九年（一九三四）官民合同の文学団体として文芸懇話会が作られ、翌年文芸懇話会賞が設けられた。この第一回に横光利一『紋章』に次ぎ島木健作も選ばれたが、「国体の変革する思想を持ったもの」という理由で落とされ、代わりに室生犀星「兄いもうと」が受賞した。

ブックガイド■

『生活の探求』第一部・第二部（新潮文庫、一九五〇）

現代日本文学大系70『武田麟太郎・島木健作・織田作之助・檀一雄集』（筑摩書房、一九七〇）正編のみ収録

生きてゐる兵隊

石川達三

初版刊行年■

昭和二〇年［一九四五］刊

解説リード文■

昭和一二年［一九三七］一二月、中央公論社特派員として中国戦線に従軍した見聞によって書かれた作品。それは、帰国後の一三年二月一日からおよそ一〇日間、熱中して書かれた三三〇枚の原稿によるものであった。だが三月に『中央公論』に発表したものの、内務省の通達によって即日発売禁止処分を受けた。結果、この小説が日の目を見るのは戦後の初版刊行時となった。

作者プロフィール■

石川達三（いしかわたつぞう）

一九〇五（明治三八）～一九八五（昭和六〇）年。秋田県生まれ。早大英文科中退。『蒼氓』で第一回芥川賞受賞。社会性を帯び、進歩的で、正義感が強く現れている作品が多い。ほかに『日蔭の村』『四十八歳の抵抗』『人間の壁』『僕たちの失敗』『青春の蹉跌』などがある。

作品のアウトライン■

【戦争の実態を報告】

高橋本部隊が太沽《クークー》に上陸したのは北京陥落後の直後で、中国大陸はちょうど残暑の頃であった。

子牙河の両岸に沿って敵を追いながら南下すること二か月、石家荘は友軍の手に落ちたとはいえ、高島本部隊では二人の中隊長は戦死し、歩兵は十分の一になってしまった。

部隊本部に宛てられた民家のすぐ裏から火の手が上がった。現場をうろついていた一人の中国人青年が捕まった。笠原伍長は命乞いをしているこの青年を、日本刀で斬り殺した。徴発に出かけた兵は抵抗する老婆から無理やり水牛を奪うなどした。

進軍の早いしかも奥地に向かっている軍に、兵糧は到底輸送できなかったので、現地調達するしかなかった。北支では戦後の宣撫工作のためにどんな小さな徴発でも一々金を払っていたが、南方戦線では自由な徴発でしかほかに仕方がなかった。そして女性を欲した。近藤一等兵が町外れの崩れ残った農家の中に、逃げ遅れた二十をあまり過ぎていない若い女を見つけ出した。彼女は拳銃を近藤に向け引き金を引いた。だが不発であった。近藤は彼女に飛び掛かり瞬くまに土間に叩き伏せ拳銃を奪い取った。女のふくれた胸と腹のあたりが荒い呼吸のたびに波打っているのを見ると狂暴な欲情を感じ、女の下着を引き裂くのであった。近藤は腰にあった短剣を抜いて裸の女の上にまたがり、女の乳房の下に短剣を突き刺した。立って見ていたほかの兵の靴の下にはどす黒い血がじっとりと滲んでいた。そのとき笠原伍長が現れた。「たしかにスパイと思われたから、いま､自分が殺しました」と報告したら、笠原は裸の女の死体を眺めまわし鼻水をすすって笑って「ほう勿体ないことをしたのう」と言うのであった。

西沢部隊の従軍僧片山は、次々にショベルで敵兵の頭を叩き割っていった。その彼の手首には数珠がからからと乾いた音を立てていた。

かつて西沢部隊長から「従軍僧はなかなか勇敢に敵を殺すそうだね」と問われたとき、片山は「はあ、そりゃあ、殺ります」と答えた。そして「戦友の仇だと思うと憎い」と言い、死んでも弔わないと言う。副官も部隊長もそれが人情かもしれないと言うのであった。けれども、西沢部隊長は、従軍僧の「友軍の弔いはしても敵の戦死者の為に手をあわせてはやらぬと聞いたとき、暗い失望を感じた」のである。そしてこのことによって「本能的に平和を愛する人間がその平和を失っているこの戦場にあることの侘しさの中で、ただひとつ抱いていた平和な夢が崩れて行く」のを感じるのであった。


【掲載雑誌『中央公論』の発売禁止】


石川達三は本書前記で、「日支事変については軍略その他未だ発表を許されないものが多くある。従ってこの稿は実践の忠実な記録ではなく、作者はかなり自由な創作を試みたものである。部隊名、将兵の姓名などもすべて仮想のものと承知されたい。」と記している。だが発売禁止処分を受けた。ただしこの発禁処分は、「生きてゐる兵隊」だけで下されたのではなく、原勝の評論「世界準戦下の日支戦と列強」の二つの不穏当な「記事」をもって下されたのであった。

「生きてゐる兵隊」に対しての処分理由は、「出版警察法」第一一一号に拠ると、敵前に上陸後南京攻略に至るまでの戦闘状況が、ほとんど全頁に渡って誇張的であるということ、自棄的嗜虐的に敵の戦闘員非戦闘員に対して殺戮を加える場面を記載し著しく残忍な感じを与えること、南方戦線に於ける略奪方針があるかのように暴露的に取り扱っていること、非戦闘員に対してみだりに危害を加えて略奪する状況、性欲のために中国人女性に暴力を振るう場面、兵の多くが戦意喪失して内地帰還を渇望している状況、兵の自暴自棄的動作ならびに心情を描写記述して軍隊の規律に疑惑の念を抱かせたことが挙げられている。

ところで、「生きてゐる兵隊」発表前の昭和一一年一一月、石川達三は梶原代志子と結婚した。一三年新潮社から刊行された『結婚の生態』には、結婚前後からこの事件の辺までが語られている。また、戦後刊行された初版本り「誌」で、「此の作品が原文のまゝで刊行される日があらうとは私は考へて居なかつた。筆禍を蒙つて以来、原稿は証據書類として裁判所に押収せられ、今春の戦災で恐らくは裁判所と共に焼失してしまつたであらう。到るところに削除の赤インキの入つた紙屑のやうな初校刷を中央公論社から貰ひ受け、爾来七年半、深く匿底に秘してゐた。誰にも見せることのできない作品であつたが、作者としては忘れ難い生涯の記念であつた。」と語っている。そして「あるがまゝの戦争の姿を知らせることによつて、勝利に傲つた銃後の人々に大きな反省を求めようといふつもりであつた」としている。

エピソード■

『中央公論』発表に際して、編集部で三三〇枚のうち約八〇枚ほど伏字削除したが、即日発売禁止となった。作者石川達三はもちろんのこと、編集責任者、編集部員二人、中央公論社取締役も新聞紙法違反で起訴される。石川には九月五日、禁固四か月執行猶予三年の判決が出された。

ブックガイド■

『生きている兵隊』（中公文庫、一九九九）

死者の書——折口信夫

初版刊行年■

昭和一八年［一九四三］

解説リード文■

民俗学、古代文学の研究者である著者折口信夫の、研究の延長線上から生まれた小説。柿本人麻呂や高市黒人などとともに『万葉集』第二期の代表的歌人であり、また『懐風藻』の代表詩人でもある、非業の死を遂げた天武天皇第三皇子の大津皇子が、霊として死から蘇り意識を取り戻していくことから始まる、飛鳥時代から奈良時代を背景にした小説である。

作者プロフィール■

折口信夫（おりくちしのぶ）

一八八七（明治二〇）～一九五三（昭和二八）年。大阪府生れ。国学院大学国文科卒業後、今宮中学、郁文館中学教員を経て国学院大学、慶応義塾大学教授。民俗学、古代文学の研究に取り組み「折口学」と呼ばれるようになる。また歌人として釈迢空（しゃくちょうくう）という筆名で活躍した。

作品のアウトライン■

【蘇った死者】

彼《カ》の人の眠りは、徐《シツ》かに覚めて行つた。まつ黒い夜の中に、更に冷え圧するものゝ澱んでゐるなかに、目のあいて来るのを、覚えたのである。

したしたした。耳に伝ふやうに来るのは、水の垂れる音か。たゞ凍りつくやうな暗闇の中で、おのづと睫と睫とが離れて来る。

こうして死者は深い眠りから覚めた。そして「あゝおれは、死んでゐる。死んだ。殺されたのだ。忘れて居た。さうだ。此は、おれの墓だ。」との認識を示し、そして姉大伯皇女の「うつせみの人なる我や。明日よりは、二上山《フタカミ》を愛兄弟《イロセ》と思はむ」（万葉集巻第二　一六五番）を聞き覚えていて、自分の墓が二上山にあることを知るのであった。

九人の神が、藤原南家郎女《いらつめ》の魂を呼び出す。万法蔵院の小さな庵に留め置かれた郎女に、当麻真人の「氏の語部」が、「藤原のお家が、今は、四筋に分れて居ります。」と語るここで、時代が流れていることとともに、藤原家の動き、歴史の動きを知ることとなる。

そして語部は大津皇子が「日のみ子に弓引くたくみ」を企てたことによって処刑されることになったと話し、その辞世の歌、「もゝつたふ磐余《イハレ》の池に鳴く鴨を今日のみ見てや、雲隠りなむ」の歌を伝えるのであった。その頃、深い眠りから覚めた死者は、「大津の宮に仕へ、飛鳥の宮に呼び戻されたおれ」の名が、「滋賀津彦」であることを思い出したのである。

南家の郎女の祖父は武智麻呂、父は豊成、父の弟つまり叔父は仲麻呂であって、南家の威勢が高まっていることを知るのであった。その南家の郎女が称讃浄土仏摂受経を写し始めて、千部手写が終わった日に神隠しに遭うのであった。彼女は女人禁制の二上山にいたのである。

蘇我氏が滅び、都も飛鳥、藤原、奈良と移った。四十二、三歳の大友家持は、父旅人の同い年頃よりも男ぶりが優れている。藤原恵美中卿（仲麻呂）も、五十歳を越えてもまだ三十代の美しさを保っているものの、近頃は怒りっぽくなったと噂が流れるが、姪の横佩家の郎女が神隠しに遭ったことも噂となった。この噂を極めて早くに耳にした大伴家持は横佩家に向かった。

郎女は女人禁制の寺の浄域を穢し、結界を破ったことでの咎められていて、ここに留め置かれているのである。けれども郎女は呼ばれてここまで来たのである。

郎女の心には俤の人があった。「俤に見たお人には逢はずとも、その俤を見た山の麓に来て、かう安らかに身を横へて居る」ことで郎女の心は軽かった。

物の音。つたつたと来て、ふうと止まるけはひ。耳をすますと、元の寂かな夜に、激ち降る谷のとよみ。

つた　つた　つた。

又、ひたと止む。

郎女は、「当麻語部嫗の聞した物語り。あゝ其お方の、来て窺うふ夜なのか」と思う。彼女には、「山の端に立つた俤びとは、白々とした掌をあげて、姫をそし招いたと覚えた。だが今、近々と見る其手は、海の渚の白玉のやうに、からびて寂しく、目にうつる」のであった。

【天智天皇、天武天皇と壬申の乱、そして平城遷都】

西暦六八六年に天武天皇が死去した。その後皇后の鸕野皇女（後の持統天皇）が政治を行っていたが、二人の間の子で皇太子の草壁皇子に対して、謀反の疑いで殺された同じく天武天皇の皇子で持統天皇の姉の大田皇女との間に生まれた大津皇子が、霊として墓の中で目覚め語り出す物語である。当麻寺の当麻曼陀羅縁起の説話から生み出された民族学者折口信夫の数少ない小説の一つではあるが、特筆されるべき小説でもある。

六六七年、近江の大津に都を遷した中大兄皇太子は、翌六六八年天智天皇になった。近江令や庚午年籍など改新政治にかなりの成果をあげた。だが晩年は弟の大海人皇子が摂政に近い地位にあり、衆望もあった。けれども天皇は、弟よりも自信の息子大友皇子を後継者に望んだ。大海人皇子は、いったんは自らの地位を捨て出家し隠遁したが、六七一年、天武天皇が死去すると、両者が対立し、尖鋭化し、皇位継承をめぐって皇族・貴族の抗争が内乱へと発展した。そして大海人皇子の側が勝利し、天智天皇として即位するのである。これが壬申の乱である。このとき大津皇子は活躍した。

大津皇子は、『懐風藻』『日本書記』にも好意的に書かれている。天智天皇の覚えもよかったようだが、天皇没後の後ろ盾がなかったからか、皇位継承騒動に巻き込まれ謀反の罪で刑死したとされている。二上山に墓所がある。

作品は、死者の魂が蘇ることから、大津皇子が亡くなってから後の時代の流れを、万葉集に収められている歌なども利用しながら歴史的事実に沿って物語っている。

エピソード■

大正六年一月、東京の私立郁文館中学の教員になってすぐの二月、『アララギ』の同人に加わり、選歌を担当した。八月、中国・九州地方に講演旅行に出かけるも、無断欠勤との理由で九月末、郁文館を免職となった。

ブックガイド■

『死者の書・身毒丸』（中公文庫、一九九九）
『死者の書・口ぶえ』（岩波文庫、二〇一〇）

光をかかぐる人々——徳永　直

初版刊行年■

昭和一八年［一九四三］刊

解説リード文■

小学校を中退してから印刷見習工、文選工、植字工と印刷に関係する仕事に携わってきた作者は、労働運動史上有名な、また組合幹部として戦った共同印刷の争議について書いた「太陽のない街」で、作家として注目を浴びた。そのような作者が昭和一八年という戦時下に、印刷文化の歴史に興味を持ち書かれたのが本書である。

作者プロフィール■

徳永直（とくながすなお）

一八九九（明治三二）～一九五八（昭和三三）年。熊本県生まれ。小学校中退後、印刷工見習、地方新聞社の文選工、熊本煙草専売局職工など転々した後、上京、共同印刷の前身の博文館印刷所植字工となる。共同印刷争議の幹部として活動し解雇。「太陽のない町」「失業都市東京」「能率委員会」「約束手形三千八百円」「はたらく一家」「妻よねむれ」などがある。

作品のアウトライン■

【日本の活字】

「活字の発明について私が関心をもつやうになつたのはいつごろからであつたらう？　私は幼児から大人になるまで、永らく文撰工や植字工としてはたらいてゐた。それをやめて小説など書くやうになつても、やはり活字とは関係ある生活をしてゐるのであるが、活字といふものが誰によつて発明されたのか、朝晩に活字のケツをつついてゐたときでさへ、殆んど考へたことがなかつた。」と書き出し、ドイツ人グウテンベルグや本木昌造という名を知ったのはつい最近であると語るのであった。グウテンベルグは一四四五年頃に活版印刷術を発明した人物である。本木昌造は近代日本印刷術の始祖として認められている人物である。その本木昌造について書くことは、「日本の印刷術を、日本の活字を書くことだ」と述べるのである。

共同印刷の植字工の先輩三谷幸吉氏が亡くなると、彼の生前に預かった「本木昌造、平野富二詳伝」の再版原稿が遺言のように感じられ、志を継いで近代日本印刷術の始祖ともいうべき人について、その功績を讃えるために何か書かねばならないと思い、調査を始めた。そして「サツマ辞書」に出合い、活字が江戸ではなく長崎で生まれたその社会事情こそが「本木昌造伝」に是非書かねばならない要素の一つだと考えるのである。

本木昌造は、オランダ通詞で洋学者であった。江戸時代の長崎は唯一の海外文化の入り口であったことによる「地の利」により、そして通詞ゆえに真っ先に外国の文明を輸入し研究できる立場にいたことで、二十年来苦心し続けていた活字製法の結果を出すことができたのだろうと考えた。

だがグウテンベルグが活字印刷を発明してから四百余年、鎖国の影響もあって日本には到達しなかった活字も開国と共に広がるのは当然の帰結であった。外国船が頻繁に押し寄せてくるにしたがって、通詞の役割も大きくなり、またそれ以前の幼少時から家蔵の蘭書で鍛えられている青年本木昌造は、二五歳のとき鉛製活字版をオランダから購入している。けれども通詞の仕事は益々忙しくなっていく。長崎通詞は、「長崎の通詞」でも「オランダ語の通詞」でもなく、日本全国の港々の通詞でなければならず、蘭語はもちろん、英語、露語、仏語の通詞でなければならなくなり、もっと重大なことには通詞が単に通弁であることだけで止まってはいられず、外国語を通じて外国の文化を知った以上、そして祖国がそのために困難に陥っている以上、それぞれの方面に分化し、それぞれ実践していかねばならなかったのであろう。

まだまだ不明なことが多く「読者と共にこの後半を昌造万延元年の事蹟とともにみてゆきたいと考へるのである。」で結ばれている。

【長い探求のすえに完成した作品】

『光をかかぐる人々』は、昭和一七年三月の『改造』に載った「日本の活字」、同年五月『新潮』に載った「サツマ辞書」、六月の『文芸』に載った「長崎と通詞」、一八年六月『八雲』第二輯に収められた「よせくる波」「活字と船」に、「開港をめぐつて」「最初の印刷工場」の七章と「作者言」で成っている。

「生活態度と思考の方法の最もすぐれた結晶で（略）徳永直の文学の頂点」となった作品という評

価や、この作品によって徳永は戦時下に於いて「唯一の光彩をはなつ作家になった」という評価がある。

そもそもは昭和一五年五月、朝日新聞社主催の「日本文化史展」を見、小さい頃から印刷関係の仕事をしてきたこともあって、印刷の歴史に大きな関心を抱き、上野図書館、大橋図書館に通い、印刷に関する文献を読みあさるようになったこと、そしてその翌年夏に済生会病院に三谷幸吉を訪ね、翌日三谷から「本木昌造、平野富二詳伝」他二冊を譲り受けたことから、本書の作成に意欲を示したのである。

「作者言」に、「書く以前も、書きはじめてからも、しばらくは混沌としてゐた。本木昌造だけの伝記的なものにするか、活字ないし印刷術の歴史を中心にするかについて迷つたが、それはどうやら後者におちついた」とあるように、また初版本扉に「光をかかぐる人々」の前に「日本の活字」という文字が入っていることからも、印刷史の研究に目が向けられていた。

そして図書館にいるときまわりの人々を見「私は少し恥かしく思つた。読書人も十分に戦争の中にゐるのだつた。彼等は爆弾が頭上におちてきても、自若として自分の研究を遂行するために、書物から眼を離さぬ覚悟をもつてゐると思はれた」ことで、自身も相当の努力、覚悟を持って取り組んだ仕事である。

エピソード■

『光をかかぐる人々』刊行後も病妻の看護をしながら続きを書くための調査をしていた。しかし妻は昭和二〇年六月に亡くなる。この妻のことを描いたのが「妻よねむれ」だが、七月に次女、三女を連れて妻の実家宮城県登米町に疎開したことで調査は中断。結局続編は『世界文化』に二三年一一月から翌年四月にかけて連載したが、雑誌の廃刊とともにそれ以後は発表されなくなってしまい未完に終わっている。

ブックガイド■

『光をかかぐる人々』(河出書房、一九四三)

『仰臥漫録』——正岡子規

あらすじ

「仰臥漫録」は、「墨汁一滴」「病牀六尺」と同じ病床録である。ただしほか二編は新聞「日本」に連載されたものであるが、「仰臥漫録」は公にすることを前提にしたものではない。土佐半紙二冊に綴られたまさに仰向けに臥している正岡子規の明治三四年九月二日から一〇月二九日まで、ただし二九日は日付と天候のみと、三五年三月一〇日から一二日までの食事、便通、来客、その時々の感想などの記録と、同年六月二〇日から七月二九日までの「麻痺剤服用日記」とある記録、九月三日夜に描かれた絵、その他短歌、俳句、季語一覧などが書かれている病床日記である。

正岡子規は、慶応三（一八六七）年九月一七日、伊予の国温泉郡（現在の愛媛県松山市）に、松山藩馬廻加番の父隼太と藩儒大原観山の娘八重との間に長男として生れる。本名は常規《つねのり》。二歳年下に妹律がいる。明治三五（一九〇二）年九月一九日に没した。ただし、誕生月日の九月一七日は旧暦の日付で太陽暦の一〇月一四日になる。満三五歳になる一ヶ月弱前に亡くなったのである。

「糸瓜咲て痰のつまりし仏かな」「痰一斗糸瓜の水も間に合はず」「をと、ひのへちまの水も取らざりき」の絶筆三句は有名である。河東碧梧桐「君が絶筆」（小谷保太郎編『子規言行録』明治三五年一一月、吉川弘文館）によると、亡くなる前日、九月一八日午前、妹律に画板に紙を貼ったものを持って来させた。子規がその画板の左下を左手で支え、画板の上の方を律が持った。そこで碧梧桐が筆を子規の右手に渡すと、いきなり中央に「糸瓜咲て」と書き、墨をついで「糸瓜咲て」より少し下げて「痰のつまりし」と書き、また墨をつぎ「仏かな」と続けたとある。碧梧桐は「余は覚えず胸を刺されるやうに感じた。書き終わつて投げるやうに筆を捨てながら、横を向いて咳を二三度つゞけざまにして痰が切れんので如何にも苦しさうに見えた」と記している。子規の臨終間際の壮絶な姿が容易に想起できるかと思う。四、五分後に筆を執って左側に「をと、ひの」を、また四、五分経ってから「糸瓜咲て」の右側に「痰一斗」を書いた。そして九月一九日午前一時に没した。子規の命日は糸瓜忌と名付けられた。

ウリ科のつる性一年草の糸瓜は、熱帯アジア原産で、日本には江戸時代前半に入って来て広く栽培されるようになった。俳句では秋の季語である。その茎から採集した水は、化粧水や咳止めに用いられた。子規の句は、糸瓜は咲いても、咳止めのための糸瓜の水は間に合わなかったとの意である。

『仰臥漫録』は、明治三四年九月二日から死のおよそ半月前までの病床日記である。その最初の九月二日には、「雨蒸暑」とあって、「庭前の景は棚に取次てぶら下がりたるもの夕顔二、三本瓢《ふくべ》、二、三本糸瓜四、五本夕顔とも瓢とももつかぬ巾着形の者四つ五つ」と書き出されていて、それぞれの絵が描かれている。糸瓜は庭で咲いていたのである。そして九月二七日に「糸瓜は咳の薬に利くとかにてお呪《まじない》でもしてもらふならん　けだし八月十五日に限るなり」と誌している。

明治二一（一八八八）年八月初め、横須賀、鎌倉方面に旅行に出かけた子規は、鎌倉で初めて血を吐いた。翌年四月三日から七日まで水戸方面に旅行、途中、那珂川を下る舟中で震慄、帰郷後も腹痛を伴う震慄が続いた。子規はこれが発病の起因としている。

五月九日の夜突然喀血した。しかし子規は、喀血とは知らず、咽喉から出たのだと思った。が翌日友人の勧めで医者に行き、肺病だと診断される。その日の夜も喀血した。

それが十一時頃でありましたが、それより一時頃迄の間に時鳥といふ題にて発句を四五十程吐きました。尤これは脳から吐いたので肺からではありませぬから、御心配なき様、イヤ御取違へなき様願ひます。これは旧暦でいひますと卯月とかいつて卯の花の盛りでございますし、且つ前申す通り私は卯の年の生れですから、まんざら卯の花に縁がないでもないと思ひまして、「卯の花をめがけてきたか時鳥」「卯の花の散るまで鳴くか子規」などとやらかしました。又子規といふ名も此時から始まりました。

と「啼血始末」（明治二三年九月）で述べている。

「時鳥」も「子規」もホトトギスである。子規は血を吐きながら俳句を「吐いた」と述べている。ホトトギスは、明治時代肺病の代名詞であった。ホトトギスが赤い喉を見せて高い声で鳴く姿と、肺病患者が血を吐き啼く姿を重ねてのことである。そして肺病は不治の病とされていた。「子規」の号は本名「常規」の「規」を使ってのホトトギスである。つまり「子規」には、肺病で死ぬまで血を吐きながら生きて行かねばならない覚悟が含まれているのである。

子規の病気を悪化させたのは、日清戦争への新聞『日本』記者としての従軍であった。明治二七（一八九四）年一〇月、『国民新聞』の記者として従軍し、「愛弟通信」で好評を博した国木田独歩のように、また後の日露戦争時おける田山花袋のように、さらには戦地に行けず「人生の従軍記者」になると言わずにはいられなかった島崎藤村のようのに、子規もまた従軍を願うのであった。そして明治二八年三月に東京を発ち、四月一〇日に宇品を出港し、金州城、旅順などに約一か月滞在。五月一〇日下関条約締結の報せにより、五月一四日帰国のため佐渡国丸に乗船、一七日に喀血した。二三日に神戸に上陸、担架で神戸病院に運ばれたときは重体であった。六月中頃より快方に向かい、七月二三日退院するも、須磨保養院に約一か月いた後、松山に帰省し、松山中学に赴任している夏目漱石のもとに寄寓する。一〇月下旬上京する。

明治二九（一九八六）年三月には、脊椎カリエスが判明し手術を受けるが、翌年四月に再手術。子規の身体はどんどん蝕まれていく。ちなみに脊椎カリエスは結核性のもので、志賀直哉が大正二年八月一五日、山の手線に跳ね飛ばされ怪我をした時に、脊椎カリエスになるかもしれないとの恐布を抱いて、後養生をしながら生と死について考えを示している作品「城の崎にて」でよく知られていよう。

さてもう一度『仰臥漫録』明治三四年九月二日の記述を見ておこう。この日には、「糸瓜ぶらり夕顔だらり秋の風」「病間に糸瓜の句など作りける」ほか「糸瓜」あるいは「へちま」が季語とされた四句を含む一九の俳句を記してある。それから、

朝　粥四椀、はぜの佃煮、梅干砂糖つけ
昼　粥四椀、鰹のさしみ一人前、南瓜一皿、佃煮
夕　奈良茶飯四椀、なまり節煮て少し生にても　茄子一皿
この頃食ひ過ぎて食後いつも吐きかへす
二時過牛乳一合ココア交て

煎餅菓子パンなど十個ばかり
昼飯後梨二つ
夕飯後梨一つ
服薬クレオソート昼飯晩飯後各三粒（二号カプセル）
水薬　健胃剤
今日夕方大食のためにや例の左下腹痛くてたまらず　暫にして屁出で筋ゆるむ
（略）
午後八時腹の筋痛みてたまらず鎮痛剤を呑む　薬いまだ利かぬ内筋ややゆるむ

との記述が続く。食欲の旺盛さは一目で見て取れるが、同時に薬が欠かせない状態であることも読み取れる。病人であるのにその食欲の凄まじさは以後の記述からもうかがえる。これは栄養、体力をつけるためでもある。毎日何を食べたか、便通があったか、誰が来宅したかなど細かく著されている。また俳句の会を開いてもいてそこで作った俳句を載せ、さらに外の景色が描かれていることもあった。

九月六日朝、昼、夕飯のメニューが詳述されていて、加えて「夜　羊羹二切」を食べていて、それだけ食べているからか、「便通　朝、午後、夜、三度」と記載されてもいる。だが、けっして元気なのではなく、

今日熱くてたまらず昼の内より汗出で時々ぞくぞくと寒さに冒されし心地いやなり
夜に至って腹のはりたるためにや苦しくてたまらず煩悶す　強ひて便通を試みたるに都合よくあり　いたく疲労同時に熱発　験温器を入れて見るに卅七度七分しかなしといふ　この熱なかな

か苦し

と吐露している。介助が必要な子規にとっては、「便通間にあはず」（九月十日）との記載もあり、病状の重さも知れる。九月一四日には、

午前二時頃目さめ腹いたし　家人を呼び起して便通あり　腹痛いよいよ烈しく苦痛堪へがたし　この間下痢水射三度ばかりあり　絶叫号泣

隣家の行山医を頼まんと行きしに旅行中の由　電話を借りて宮本医を呼ぶ

吐あり

夜明やや静まる　柳医来る　散薬と水薬とのむ

疲労烈し

とある。九月二九日には、「こんなに呼吸の苦しいのが寒気のためとすればこの冬を越すことは甚だ覚束ない　それは致し方もないことだから運命は運命として置いて医者が期限を明言してくれれば善い　もう三ヶ月の運命だとか半年はむつかしいだらうとか言ふてもらひたい者ぢや　それがきまると病人は我儘や贅沢が言はれて大に楽になるであらうと思ふ」と述べ、家人の自分への気遣いを慮って余命宣告を望んでいる姿がある。

一〇月九日、「病勢思ひの外に進み居るらし」と驚いた子規は、一〇月一三日には「余は俄に精神が変になつて来た」と記し、自殺熱が沸き起こりどのように死ぬかをいろいろ考えてみるが、「恐ろしさが勝つ」ので決心できないという、「死は恐ろしくはないのであるが苦が恐ろしいのだ　病苦でさへ堪へきれぬにこの上死にそこなふてはと思ふのが恐ろしい　そればかりではない　やはり刃物を

見ると底の方から恐ろしさが湧いて出るやうな心持ちもする」と述べ、小刀を手に取るか取らないかの葛藤のうちに「しやくりあげて泣き出した」との文言には切羽詰まったものがある。

一〇月二九日から空いての明治三五年三月一〇日には午前八時四〇分の「麻痺剤を服す」や「この頃の薬は水薬二種（一は胃の方、一は頭のおちつくため」とあり、この日には麻痺剤を一日二度服用し、一一日は三度、一二日は二度の服用が示されている。その後の記載は、「明治三五年　麻痺剤服用日記」となって六月二〇日から七月二三日までと二九日の記録が残されているが、それはまさに闘病と衰弱の記録であった。

『本所しぐれ町物語』

――愛と性を考えさせる物語――――――藤沢周平

『本所しぐれ町物語』は、「波」に昭和六十年一月から翌年十二月まで連載され、単行本として昭和六十二年三月に新潮社から刊行された。平成二年九月には新潮文庫版も刊行された。本稿の引用は、新潮文庫版に拠った。

この物語は、十二章によって成っていて、自身番での書役の万平と大家の清兵衛との会話から始まる。その自身番の前を旅疲れをした四十近い男が通った。その男は三丁目で呉服商を細々と営んでいる菊田屋の新蔵の弟半次であった。半次は十五、六年前に江戸から失踪して上方に渡ったのであったが、上方にも居られなくなったようで、舞い戻ってきたのであった。けれども江戸にも半次の居場所はなかった。彼は「命をとられても文句を言えねえような不義理」によって、その相手から「二度とおれたちの前に姿を見せねえ約束で上方に行った」のに、江戸に戻ってきたのでその人達に追いかけられ、再び上方へと逃れていく。その際、半次は昔の恋人おせいを言いくるめて二両を編し取る。つまり半次はおせいをかつての愛で誘惑し、金を巻き上げたのであった。この章では愛を利用した男の狡さとその誘惑に負けてしまう女の弱さが認められる。もちろん新蔵と半次の兄弟愛が見られなくもないが、それは大人になって生活環境が違うことによって十分に発揮されることはない。兄弟は他人の始まりというが、新蔵が久し振りに再会した弟との僅かな日々は、「行ったきりでつき合いが絶えること」を意味する「鼬の道」と同じなのであった。

「猫」「ふたたび猫」「みたび猫」「おしまいの猫」は、小間物問屋紅屋の若旦那栄之助を中心に据えて物語が展開される。結婚四年の栄之助は女道楽が過ぎ、妻おりつは子供を連れて実家に帰ってしまう。その妻子を連れ戻すために彼女の両親に会うが、冷たく追い返されてしまう。その帰途猫に出くわす。そしてその飼い主おもんと知り合うのであった。おもんは根付師の愛人なのだが栄之助を誘惑する。女好きの栄之助は、浮気が発覚して妻に去られ連れ戻そうとしていたことも忘れ、むしろ連れ戻せなかったことで性的欲求を押さえることができず、おもんの誘惑に乗ってしまう。

栄之助のおもんへの執着は深まるが、それを危惧もする。これは「おしまいの猫」で栄之助が、おもんの旦那に会って彼の脅しにあって不要な根付を仕入れざるを得なくなってしまう伏線である。だが栄之助はおもんの「男を狂わせる身体」に欲情する。けれども事を終えた後の栄之助は世間体を気にするのであった。その世間体を考えながらおもんの家を出た矢先、栄之助夫婦の仲人、糸問屋の駿河屋宗右衛門に出会うのであった。宗右衛門は栄之助におりつとの復縁を勧めにきたのであった。その時に栄之助が思い浮かべるのは、「子供一人を産んでいるのにまだどこか幼い固さを残しているおりつの身体が、視野いっぱいに膨らむのを感じた。おもんのようなやわらかさはないが、そのかわりに紐を解くとしみひとつなくのびのびと豊かに見えた身体」なのである。つまりここでも栄之助は、性的欲求を判断基準としている。だがおりつが家に戻ったものの丸く収まったわけではなく、今度は猫を抱いたおもんが紅屋に買い物に来たことで、またしても不倫が暴かれてしまう。

おもんとの関係を絶った栄之助は、仕事に精を出していた。彼が仕事の相談で茶漬け屋「福助」を利用した折に、おもんを見掛けまたしても浮気の虫が騒ぎ出した。栄之助はおもんを追いかけ、追いついて抱こうとしたなら、彼女は「抱かれるのをこばみながら」も「胸や腿にさわる栄之助の手は振り払わなかったのである。そのときのおもんの熱い腿の感触が甦り」、今またかつて通ったおもんの家に性欲を抱いて向かって行く。おもんの家の前に着き、おもんの旦那が来ているかどうかを探っているうちに、おもんの飼っている猫が近寄ってきた。猫の喉をなでてやった直後、栄之助は近頃しぐれ町界隈に頻繁に出没する泥棒と間違えられ捕らわれてしまう。猫がいたからおもんと出会ったのではあるが、それが彼にとっては実は不吉なものを寄せ付ける象徴として登場させられているのである。

つまりそれは「おしまいの猫」で、栄之助の歩いている前を野良猫が横切り、そこからおもんの家の三毛猫を連想し、おもんの家を訪れた時に運悪く彼女の旦那と鉢合わせになってしまい、前述したように、彼に無理やり不要な根付を仕入れさせられてしまうことになるのであった。最後に猫が、栄之助ではなく旦那にすり寄って行くのは、おもんもまた栄之助ではなく旦那になびいている証左であろう。

「日盛り」と「春の雲」には、少年の恋心が描かれている。櫛引職人重助の長男長太は十歳、一つ年上の油屋の佐野屋清右衛門の下の娘おいとに淡い恋心を抱いている。「二人は鼻が欠けた石の地蔵によりかかっている。おいとが身体を近づけると、日盛りの草いきれのような匂いがした。(中略)ほんの少し甘さがまじる草いきれのような匂いには、おいとの汗の香がまじっているのかも知れなかった。長太は思わずおいとの衿のあわせ目のあたりを盗み見て、上気しているようなももいろの胸もとが眼に入ると、あわてて顔を背けた。」という箇所は、まさに性に目覚める少年の姿といえよう。この恋はおいとが、叔母の養女になって佐野屋を出ていってしまうことであえなく終わってしまう。

「春の雲」は、桶芳の小僧、十五歳の千吉の、一膳めし屋「亀屋」の奉公人で十七歳のおつぎへの恋心が描かれている。こちらは臨時雇いの職人佐之助の出現によって嫉妬する姿が見受けられるが、女たらしの佐之助からおつぎを必死で守ろうとする千吉の愛の一途さが描かれているのである。また千吉がおつぎを取り戻そうと佐之助の後をつけたのが佐之助に知られ、散々に痛めつけられてやっとのことで奉公先まで戻りその戸に倒れ込んだ時、「太い腕と厚くてあたたかい胸が、ぐいと千吉を抱え上げた」おかみさんの姿に、千吉をして母性愛を感じさせたのではなかろうか。千吉が兄弟子源次と亀屋に向かって歩いているその先の空に浮かんでいる「綿をまるめたような丸くてやわらかい感じの雲」、「大小三つの丸い雲」は、温い春の光景を示しているだけでなく、源次、千吉、おつぎの人間関係、すなわち友情をも意味しているのであった。

ところで、「日盛り」には、長太の母が二度に渡って長太や父の重助を捨てて別の男の下に走ってしまうという二人にとっては不幸な愛の形が挟み込まれ、「春の雲」では、桶芳の親方芳松の浮気が発覚する。これは共に二人の少年の純粋さを印象づける。と同時に、男も女も、夫がいても妻がいてもその夫婦関係だけでは満足し切れないで、性的欲求のおもむくままに生きていこうとしている人々の姿を見られる。「乳房」で、稲荷横町の飲み屋「おろく」の女主人おろくの「男なんてものは、土台そんなにりっぱなものじゃないんだよ」と、「女だって、そんなにりっぱなもんじゃないのさ」という発言に、象徴されているといえよう。このおろくの文言こそが、この「本所しぐれ町物語」の主題にあたるものである。文庫本巻末に付されている「藤沢文学の原風景」（初出は「波」昭和六十二年三月号）で、紅屋の若旦那栄之助を指しての藤田昌司の発言、「ああいう人間のどうしようもない弱さに共感してしまう」と、それに対しての藤沢周平の「そういう弱さがあるからこそ、人間はいとおしくていいのではないでしょうか」に通じる。

「乳房」は、洗い張り屋の仕事がめずらしく早く終わったおさよが家に帰ったならば、亭主の信助が、同じ裏店に住む三人の「子持ち後家」おせんと絡み合っていたことが物語の発端である。おせんは、おさよと違って豊満な「乳房」の持ち主であった。おさよは亭主の浮気現場を見た衝撃と、おせんの豊満な乳房と比較した自分の胸のなさという劣等感を抱きながら自分の家を後にした。おさよが泣きながら放浪していたら、洗い張り屋の女房の弟与次郎に声を掛けられる。与次郎に連れられておさよは飲み屋「おろく」に入り、酒を飲む。与次郎が相談に乗ってやると言いながら、おさよの小指の内側をそっとなでたその瞬間を、「おさよは身体の中を何かぞっとするようなものが走り抜けた気がした。嫌悪感ではなく、快感だった。」と書かれている。おさよはここで正気が戻り与次郎と距離を置くようになる。だが与次郎は諦めずおさよを狙うのであった。与次郎の性欲達成のための攻撃に危なくおさよは負けてしまうところであったが、「おろく」の女主人おろくの機転で助けられた。信助おさよの夫婦愛も簡単に崩れ去るところであったが、周りの人々のお陰で、特におろくの助言によってなんとか持ち直すことになるのであった。

さておせんはこの後六十過ぎの錺職人と再婚することになる。その相手は裕福な一人暮らしであったので、老後を見る代わりにおせんと三人の子供を引き取るという話になったのである。生活臭が現れた章である。そのおせんは「三十を過ぎた子持ちの後家」という設定になっていて、おせんの信助への行為は、おせんの自身の性的欲求を満足させるためのものとして捕らえて差支えないであろう。

「朧夜」の佐兵衛もまた独り身である。五十八歳という高齢で、妻を亡くして二年、古手問屋の店は息子夫婦に任せて一人気楽に唐物屋の裏に住んでいる。「福助」で酒を飲んだ帰り道、眠気に負けて油屋の前で寝てしまった。そこに「福助」で働いている二十歳位の女おときが通り掛かり、彼女に助けられ家まで送ってもらう。これを契機としておときは頻繁に佐兵衛の家に手伝いに来る。おときが佐兵衛の肩を揉み佐兵衛の肩につかまりながら笑った時、自分の胸を佐兵衛の背中に触れたり離したりするのは無意識の行為ではなかろう。現に以前佐兵衛の「男」が起こされ、肩の上に置かれた手をなでたまでは受入れ、強く拒否した彼女の膝小僧に伸ばした手からは、佐兵衛に男を感じたはずである。だがこれは佐兵衛を誘惑して、金を巻き上げる女を武器とした行為であった。

「秋」は、油屋の佐野屋政右衛門が熊平の娘おきちを見て、子供の頃好きだった女の子を思い出し、妻との齟齬も感じ出していたので、年を数えたその人に会ってみたくなる。実際会ってみたら話が噛み合わずがっかりしたという寂しい話である。愛を感じなくなり、かつての恋に夢見たものの現実の厳しさを知るといったところであろうか。愛は転がってはいなかったのである。

「約束」では、早くに母を失っているおきちが母代わりになって弟妹の面倒を見ていた。父親熊平は妻を亡くした後飲んだくれになりどうしようもなく、とうとう三人の子供達と借金を残して死んでしまう。父の死の間際に診てもらった医師への治療代を初めとして、借金を返済するために女郎屋で働く約束をしてしまうおきちに、政右衛門は援助を申し出る。しかしおきちは「親の借金は子の借金ですから」と言い、さらに「約束したことですから」と政右衛門の申し出を断ってしまう。「みんなは顔を見合わせた。どの顔にも、出来すぎた返事を聞いた当惑と、かすかな嫌悪感のようなものが浮かんでいた」という場面は、どこか森鴎外の「最後の一句」に似通っていて、十歳のおきちのしっかりし過ぎた女の子の姿が浮かび上がってくる。

「秋色のしぐれ町」は以上の話の総括である。「藤沢周平の原風景」で、「年のせいかもしれませんが、あまり悪辣な人間を書くのが嫌になりました。」、「結末がだいたいにおいて甘いのです」と語っている通り、皆に救いの手が述べられている。女郎屋に働きに行ったおきちは主人に気に入られ系列の料理屋で働いていることが知れる。栄之助おりき夫婦には二人目の愛の証しが誕生する。家出した重助の女房は、重助との愛を育むため舞い戻ってきた。そして界隈に出没していた泥棒は、十七になる難病の妹に高価な薬を飲ませるために必死なこと、兄妹愛の成せるものであったことを読者に告げるのであった。

稲沢潤子《いなさわじゅんこ》　昭和一五・一〇・五―（1940～）小説家。東京生まれ。本名岩田淳子。名古屋大学哲学科卒業。民主主義文学同盟会員。学生時代にかかわった学生運動に端を発した社会を見る眼を養い続け、作家活動に入った。ルポルタージュ作品が多いのが特徴的である。『紀子の場合』（昭49・9、東邦出版社）、『自立する女性の系譜―お母さん弁護士平山知子の周辺』（昭52・8、一光社）、『涙より美しいもの―大津方式にみる障害児の発達』（昭56・2、大月書店）、『夕張のこころ』（昭58・3、同）、『いのちの肖像―医療過誤』（昭59・8、労働旬報社）、『地熱』（昭61・7、新日本出版社）、『誇りのナースキャップ―京都鞍馬口病院蔵野澄子の物語』（昭63・10、桐書房）がある。『地熱』によって第一九回多喜二・百合子賞受賞。

【紀子の場合】《のりこのばあい》　「民主文学」昭47・4。結婚三年二六歳の紀子の夫憲は、S歌舞団のオルグである。憲の収入はなく、紀子の給料だけでは二人の生活をまかないきれなかった。紀子は家庭教師もすることにしたが、憲は相変わらず経済感覚に乏しかった。紀子はそんな憲が疎ましく感じられた。そんな折、紀子の実家を拠点にしてS歌舞団の公演が行われ、憲は紀子の両親にも迷惑をかける。それを機に紀子の憲に対する不満は頂点に達するが、憲と離れることができないことを認識する。誠実さ、善良さ、女性の生き方について問うた小説である。

米谷ふみ子《こめたにふみこ》　昭和五・一一・一五―（1930～）小説家。大阪市生まれ。本名富美子。昭和二七年大阪女子大学国文科卒業。三二年油絵で二科展入選。三四年関西女流美術賞受賞。翌年アメリカからフェローシップを受け、絵の勉強に渡米。同年ユダヤ系アメリカ人作家ジョシュ・グリーンフェルドと結婚。三九年長男カール誕生。四一年次男ノア誕生。ノアは二年後脳障害と分かる。五〇年夫ジョシュ著『我が子ノア』、五四年『ノアの場所』を翻訳、共に双葉社より刊行。『過越しの祭』（昭60・10、新潮社）、『風転草《タンブルウィード》』（昭61・6、新潮社）、『海の彼方の空遠く』（平1・1、文芸春秋）などの小説の他、随筆『マダム・キャタピラーのわめき』（平1・5、文芸春秋）がある。アメリカ在住の米谷の体験を基にした国家・民族・家族観は興味をそそられる。『遠来の客』（昭60・6、「文学界」）で文学界新人賞受賞。『過越しの祭』が新潮新人賞及び芥川賞受賞。

【過越しの祭】《すぎこしのまつり》　「新潮」昭60・7。主人公の日本人女性は、ユダヤ系アメリカ人と結婚し二児をもうける。次男は脳障害児で十三年目にして施設に預け一週間の休暇を持った家族三人が、夫の親族のパス・オーバー・セーダー（過ぎ越しの祝い・聖餐）に行きさんざんな目にあう。因習的な男尊女卑の日本社会から自由を求めてアメリカに来たのに、ここでも嫁・小姑をはじめとして日本と同様の問題を持っていることを示している作品である。

中野鈴子《なかのすずこ》　明治三九・一・二四―昭和三三・一・五（1906～1958）詩人・小説家。福井県生まれ。昭和九年春までの筆名は一田アキ。三国実業女学校卒業。再度の離婚後、昭和四年上京し兄中野重治と生活。詩・小説を「戦旗」「ナップ」「働く婦人」などに発表。昭和初年代に於ける数少ない女性として注目を浴びる。一一年結核療養のため帰省し、農業に従事。戦後、新日本文学会会員として福井支部を結成し、「ゆきのした」を創刊。前近代的な農村および女性の生き方について、社会主義リアリズムの手法で謳っている。詩集『花もわたしを知らない』（昭30・9、創造社）、『中野鈴子全著作集』二巻（昭39・4、7、ゆきのした文学会）がある。

中本たか子《なかもとたかこ》　明治三六・一一・一九―平成三・九・二六（1903～1991）小説家。山口県豊浦郡角島村生まれ。本名タカ子。大正九年県立山口高女卒。一〇年一二月から数年間県下で小学校教員をし、昭和二年友人とともに上京。働きながら文学、哲学を学ぶ。四年二月「女人芸術」に処女短編『赤』を発表。当初の新感覚派風の作風からプロレタリア文学に接近し、五年五月塩川書房から「プロレタリア前衛小説戯曲新選集」の一冊として『恐慌』刊行。また同月天人社より「現代暴露文学選集」の一冊として『朝の無礼』を、七月改造社より「新鋭文学叢書」の一冊として『闘い』を刊行し、プロレタリア作家としての地位を確固とする。しかし同月東洋モスリン亀戸工場の女工オルグとして活動中検挙される。拷問、衰弱、松沢病院入院などの悲惨な体験を経て保釈。七年一月末から地下へ潜入し、川崎、福岡等で活動していたが、八年三月再度検挙され、治安維持法違反により懲役四年の実刑を受け服役。出所後に発表刊行された『白衣作業』（「文芸」昭12・8、13・12、六芸社）の「序」に、「問題はたゞ、主観的な悔悟に依ってのみ決定されるのでなく、進んで客観的に社会的価値の創造をなして、始《ママ》めて解決がつく」と叙し、「真理は最も具体的である」と述べ、綿密な実地調査を基にして創作している。この手法は以後も続けられている。「新選純文学叢書」中の一冊『南部鉄瓶工』（昭

13・4、新潮社)、『耐火煉瓦』(昭13・7、竹村書房)そして「生活文学選集」中の一冊『建設の明暗』(昭14・5、春陽堂)は三部作で、逞しい産業小説である。これらの小説は、戦時体制下での生産面の強調・拡大を目的とした国策にのっとった生産文学として位置づけられる。ほかに『島の挿話』(昭14・5、新潮社)、『愛情限りなく』(昭16・4、教材社)、『光くらく』(昭22・6、京都三一書房)、『愛は牢獄をこえて」(昭25・1、五月書房)、『モスリン横丁』(昭25・4、冬芽書房)、『野田一家のパン籠』(昭30・1、東方社)などの作品があり、また砂川や新島の基地反対闘争を取材した『滑走路』(「アカハタ」昭32・10・15〜33・5・15)、『不死鳥』(昭35・1、弥生書房)、『はまゆう咲く島』(昭43・8、新日本出版社)や、六〇年安保闘争を題材とした「わたしの安保闘争日記」(昭38・4、同)などの作品もある。昭和一六年蔵原惟人と結婚、男子二児をもうけた。

【滑走路《かっそうろ》】 「アカハタ」昭32・10・15〜33・5・15、33・9、宝文館刊。昭和三〇年五月四日東京調達局によって、立川基地の滑走路を二千フィート延長するという計画が発表された。この基地拡張によって土地を追われる農民たちは、「基地拡張絶対反対」のスローガンを掲げ、反対闘争は急速に盛りあがっていく。だが土地を守る農民の決意は強いが、この闘争を直接指導したのは、周辺の町に住む労働者や応援に駆けつけた組織労働者たちであった。これらの人々が強制測量に来た測量隊をスクラムを組んで追い返した。若い光枝は、労働者の鮮やかな姿に新しい人間のタイプを知り、未来が開ける思いがする。また、孫の生まれる八重は、広く日本国民や世界にまで理解を求めるために、「第一回原水爆禁止世界大会」に行き、原水爆の深い傷と砂川が原爆搭載基地になろうとしている事実から、平和を守る戦いの広がりを知る。ところで村内では、現村長派と前村長派の対立から切り崩しが行われ、脱退者がでる。やがて町民は、測量隊が基地側から来るのを見て、日本政府とアメリカ駐留軍とが一体のものであることに気づく。そしてついに一一月九日、武装警官隊と支援労組の応援を受けることなく孤立無援の状態で戦う。作者自身の体験と資料調査を基に、社会主義リアリズムの手法によって、日米関係、労働者の組織の成長過程と新しい労働者像を描いた小説である。長編小説『不死鳥』は、この小説の続編である。

細見綾子《ほそみあやこ》　明治四〇・三・三一—平成九・九・六（1907～1997）俳人。兵庫県生まれ。昭和二年日本女子大国文科卒業。四年秋に肋膜炎を患い、以後長く療養生活を送る。この間、医師田村青斎の勧めで俳句を始め、五年より松瀬青々に師事し「倦鳥」に拠った。一七年処女句集『桃は八重』刊行。二一年「風」創刊とともに同人参加。二二年一一月沢木欣一と結婚。二七年刊行の『冬薔薇』は、第二回芽舎賞を受賞。二八年夫欣一らと「天狼」同人となる。五〇年句集『伎芸天』により四九年度芸術選奨文部大臣賞受賞。五四年句集『曼陀羅』により第一三回蛇笏賞受賞。「季語」「正直」「写生」を「俳句の決め手」とした「繊細天雅、情感豊かな」俳人である。

松田解子《まつだときこ》　明治三八・七・一八—平成一六・一二・二六（1905～2004）詩人・小説家。秋田県仙北郡荒川村生まれ。本名大沼ハナ。父松田万治郎、母スエの第二子で長女。父万治郎は荒川鉱山で運搬夫として働いていたが、解子が一歳の時に死亡。大正九年荒川鉱山にあった大盛尋常高等小学校を卒業。鉱山を出るために看護婦試験を受け合格したが、養父実母の反対にあい日給二〇銭で鉱山事務所の事務員兼小使いとして勤務。一二年秋田女子師範本科第二部に入学。一三年母校大盛尋常小学校教員となる。「ゑむ」という仮名で「秋田魁新報」に詩を投稿。同人誌「煙」に詩を書く。社会主義的な言動によって退職。一五年上京。大学に入学しようとしたが、経済的事情により断念。江東地区のメリヤス工場・自動車工場の女工、文具の行商、保険外交員などをしている間に宮城県出身の労働運動家大沼渡と知り合い結婚。その関係で昭和三年の三・一五大弾圧で検挙される。また同年長男を出産。「読売新聞」の短編小説募集に賞金めあてで応募した処女小説『産む』が当選。この頃から就職してもすぐ解雇されるということで、解子の筆名を使い始める。日本プロレタリア作家同盟に加わり、「戦旗」に詩「坑内の娘」(昭3・10)、小説『A鉱山の娘』(昭4・1)、『風呂場事件』(昭5・4)などを発表。また「女人芸術」に『飢餓途上』(昭4・3)、『何を以って報るか』(昭5・3)、『手』(昭6・1)、「ナップ」に『加藤の場合』(昭5・11)などを発表。その後は、『白と黒』(「中央公論」昭7・3)、『或る戦線』(「プロレタリア文学」増刊号、昭7・4)、『父へ』(「プロレタリア文学」昭8・1)、『飯場で』(「中央公論」昭8・8)などがある。以後「文学評論」「人民文庫」「文芸通信」「文学案内」などに作品を発表。九年九月、松尾洋・相模清らと「文芸街」を創刊。一〇年処女詩集『辛抱づよい者へ』刊行。また小説『女性線』(昭12・10、竹村書店)、『花の思索』(昭15・11、西村書店)、『朝の霧』(昭17・9、古明地書店)、『地底の人々』(昭28・3、世界文化社)、『おりん口伝』(後記)、『疼く戦後像』(昭43・9、民衆社)、『またあらぬ日々に』(昭43・10、新日本出版社)があり、近作に『(歩き書き) 土に聴く』(昭62・6、同)、『生きることと文学と』(昭63・7、創風社)などがある。手堅く地味な作風の持ち主である。

【辛抱づよい者へ】《しんぼうづよいものへ》　昭10・12、同人社書店刊。昭和三年から一〇年までに作られた詩を収めた詩集。発表と同時に発禁となる。三章に分けられており、Ⅰ「戦旗を経て作家同盟に入り同盟解散の年までの作品」二二編、Ⅱ「新しく文化運動に関心をよせ初めた当時のもの」三編、Ⅲ「作家同盟解散後のもの」一〇編が所収されている。労働者の生活の厳しさ苦しさに共感を示し、さらにたくましく社会の矛盾に立ち向かう姿勢を示した作品が多い。巻頭には、山田耕筰作曲の「女性の歌（全女性進出行進曲）」の楽譜が載せられている。

【おりん口伝】《おりんくでん》　「文化評論」昭41・1、2（正）、「民主文学」昭42・1～12（続）。昭41・5、43・6、新日本出版社刊。正続二冊。第一回多喜二・百合子賞受賞。第八回田村俊子賞受賞。第一部（正）は明治三三年から四〇年を、第二部（続）はその後四五年までを背景として、秋田の没落地主の娘おりんが数え年二二歳の時、荒川鉱山の請負師の息子で社会事情にたけた和田千治郎の所へ嫁いで行った日から、二児をもうけ、事故の多い鉱山で夫千治郎の変死をはじめとして身内の者の死を経験しながら、選鉱女工として階級意識に目覚めていく過程を主題とした小説である。作者自身の実体験に基づいて、さらに十分な調査研究がされており、鉱山労働の実態をもリアルに描出している長編小説である。

冥王まさ子《めいおうまさこ》　昭和一四・一一・二五—平成七・四・二二（1939～1995）小説家。東京生まれ。本名柄谷真佐子。昭和三八年東京外語大学英米科卒業。四二年東京大学大学院英文科修士過程修了。『ある女のグリンプス』（昭54・12、河出書房新社）、『雪むかえ』（昭57・11、河出書房新社）、『白馬』（昭59・5、講談社）、『天馬空を行く』（昭60・11、新潮社）などの著書がある。また、本名でR・ラウド『ゴダールの世界』（昭44・6、竹内書店）と、アナイス・ニン『未来の小説』（昭45・7、晶文社）の訳書があるほか、夫である柄谷行人との共訳エリック・ホッファー『現代という時代の気質』（昭47・12、晶文社）がある。

素九鬼子《もとくきこ》 昭和一二・一・二八—平成一二・四・五（1937～2000）小説家。愛媛県西条市生まれ。本名内藤（旧姓松本）恵美子。県立西条高校のほか二つの高校を中退。一三歳の時、アルチュール・ランボーの『地獄の季節』を読み小説家になりたいと思う。昭和三〇年作家を志望し上京。三二年現法政大学経営学部教授内藤三郎と結婚。三九年九月大型ノート五冊、イラスト付き原稿『旅の重さ』を芥川賞作家由起しげ子に送る。四四年末由起の死去に伴い、遺品整理にあたっていた「作品」編集長八木岡英治によって原稿が発見されるが、素性の知れないまま異例の刊行。松竹より映画化もされる。以後『パーマネントブルー』（昭49・3、筑摩書房）、『大地の子守歌』（昭49・11、同）、『ひまやきりしたん』（『文学界』昭50・1）で第七一回から連続三回直木賞候補にあがる。そのほかに『鬼の子ろろ』（昭52・4、同）、『さよならのサーカス』（昭52・5、同）、『鳥女』（昭52・5、角川書店）がある。

【旅の重さ】《たびのおもさ》 昭47・4、筑摩書房刊。一六歳の少女が、学校も男出入りの多いママも捨てて、リュック一つで瀬戸内海沿岸から海ぞいに西に歩き伊予から土佐へと四国遍路の旅に出る。野宿をし、木賃宿に泊り、旅役者と暮らしたりする放浪と愛との出合いを通して、少女がたくましく成長する姿を、書簡体形式で綴ったみずみずしい感覚のあふれた、詩情豊かな青春小説である。

森　禮子《もり れいこ》　昭和三・七・七―平成二六・三・二八（1928～2014）小説家・随筆家。福岡市生まれ。本姓川田。父勝喜、母久世の三女。父は高知県出身の建築設計技師で、福岡県庁勤務後、大阪市港湾部に転職。昭和八年二月病気で退職、福岡に戻るが九月没。以後家作で生活。二一年県立福岡高等女学校卒業、西南学院神学科英文科聴講生となる。翌年四月西南学院パプテスト教会で受洗。九月より二四年三月まで西南学院大学図書館勤務。この頃より詩作を始める。二五年「九州文学」参加。三一年上京。翌年「文芸首都」同人となる。かたわら放送脚本を執筆。三五年椎名麟三主宰のプロテスタント文学集団に加わり文学の眼が一層開かれた。小説に『モッキングバードのいる町』（昭55・2、新潮社）、『五島崩れ』（昭55・3、主婦の友社）、『天の猟犬・他人の血』（昭55・7、文芸春秋）、『三彩の女』（昭58・4、主婦の友社）、『神女《かみんちゅ》』（平元・6、講談社）があり、『光るひととき』（昭55・6、主婦の友社）、『人生のまわり道』（昭56・7、潮出版社）、『出会いの時間』（昭59・3、海竜社）、『ひとり行く旅』（昭60・11、菁柿堂）、『ひとりの時間』（昭61・12、三笠書房）などの随筆の他、評論集や童話もあり、幅広い活躍をしている。憧れ住んだアメリカの栄光と虚妄の中で愛する人にそむかれた日本人妻の夢と寂寥、愛と孤独を描いた『モッキングバードのいる町』（昭54・8、「新潮」）は、芥川賞受賞作。

芥川龍之介大事典

佐竹蓮平　さたけ・ほうへい

寛延三年～文化四年（一七五〇～一八〇七）。江戸時代中期から後期にかけての文人画家。通称佐蔵。長じて正夷《せいい》、字は子衝《しどう》（道）、叔規。蓮平はその号。信濃の国（長野県）伊那生れ。二十二歳のとき江戸に出て長崎派の花鳥画を身につけるが、肌に合わずいったん郷里に戻り、二十四歳のとき京都で池大雅について南画を学んだ。天明三年（一七八三）、長崎から熊本に出かけ、時習館教授高本紫溟らと交遊。蘭竹、山水画をよく描いていた。晩年は郷里で過ごし、中央画壇に出ることはなかった。長野県出身の主治医で多才な下島勲に蓮平の絵を見せてもらった芥川は、大正九年（一九二〇）十一月十日の下島宛書簡で、蓮平の画を「朴訥な所があって愛す可き画」と評している。十一年（一九二二）二月に下島へ、下島と、同じく長野県出身の日本画家北原大輔と、蓮平談を試みたい、と書き送っている。同年五月二十一日の小穴隆一宛書簡からは、長崎を訪れていた芥川が蓮平の画を探し求めていたことが知れる。

菅　忠雄　すが・ただお

明治三十二年～昭和十七年（一八九九～一九七二）。小説家・編集者。東京都生れ。上智大学中退。大正十年（一九二一）、大仏治郎らと同人雑誌「潜在」を発刊。父虎雄はドイツ語学者で、熊本の五高教授を経て一高教授になったが、五高時代には友人である夏目漱石を五高に招いており、一高時代に芥川を教えている。芥川が大正二年（一九一三）十一月十六日忠雄の父虎雄を鎌倉の家に訪ねて一泊した時初めて出会う。大正六年（一九一七）二月九日の井川（恒藤）恭宛手紙に「菅さんの子供とは親友になった」とあるように、以後何度も菅家を訪問しているうちに親しくなっていく。芥川は大正九年（一九二〇）四月二十七日には葉書に、ワカメをもらったお礼、自作俳句二句、「赤ん坊比呂志と命名菊池を名づけ親にしたのです先生によろしく」と、忠雄に書いて送っている。また大正十三年（一九二四）九月六日哲学者得能文宛に紹介状を書いたりもしている。逆に忠雄は、大正六年（一九一七）末から芥川が塚本文との結婚後に住む鎌倉の新居探しを手伝ったり、鎌倉にいた高浜虚子を紹介したりもした。結果虚子に師事した芥川は、七年（一九一八）六月五日「ホトトギス」に三句が初めて載ることとなった。以後句作に励み、鎌倉で菅忠雄をはじめ、菊池寛、久米正雄、江口渙、小島政二郎らと運座の会を開いたりした。父虎雄の教え子たちとのこうした人間関係から、芥川や久米正雄、菊池寛らに知遇を得ることになった忠雄は、大正十三年（一九二四）文芸春秋社に入社し、「文芸春秋」の編集を担当、後同誌ならびに「オール読物」の編集長になる。また「文芸時代」の発起人の一人で創刊号に『銅鑼』（大正十三年十月）や『小山田夫婦の焦眉』（「新潮」大正十四年十月）が代表作として挙げられる。平凡社の『新進傑作小説全集』の一冊に『関口治郎集・菅忠雄集』（昭和五年七月）がある。昭和十一年以降結核で病臥。文芸春秋社客員。

菅 虎雄　すが・とらお

万延五年〜昭和十八年（一八六四〜一九四三）。ドイツ語学者。号白雲。福岡県生れ。東京帝大独文科卒。熊本の五高教授を経て、一高教授になった。五高教授時代には、友人である夏目漱石を五高に招いている。芥川にとっては一高時代の恩師に当たる。中国に三年留学して、漢学と書の研鑽に努め、能書家としても知られている。大正二年（一九一三）七月芥川は一高を卒業するが、卒業後の八月十六日に菅宛に一高在学中に世話になったことに対する礼状を出している。そして十一月十六日の夕方に、友人藤岡蔵六とともに鎌倉の菅の家を訪ね一泊している。その時のことは同月十九日の井川（恒藤）恭宛の手紙に詳しく述べられている。「先生の書に於ける鑑識が天下に肩随するもののない事は前からきいてゐた。（略）「此の夏休みには一万字づゝ書かうとしたがどうしても六七千字どまりぢやつた」と云ふ先生にとって独乙語の如きは閑余の末枝に過ぎないのであらう」というように、菅の書に対して驚きを隠せないとともに高く評価している。恒藤には大正三年三月二十一日の手紙で、菅宅へ一緒に訪ねようと誘ったりもしている。またこの最初の訪問時「たくさんの碑文や法帖や手簡や扇面」を見せられ、以後書に凝るきっかけとなった。大正五年（一九一六）十二月一日、芥川は一高の恩師畔柳都太郎教授の紹介で、横須賀の海軍機関学校教授嘱託に就任したが、通勤はむずかしいので、鎌倉町和田塚の野間西洋洗濯店の離れに下宿することとなり、頻繁に菅家へ書談をしにでかけていった。加えて同月十六日には、昔と共に円覚寺管長釈宗演に会いにいったりしている。第一創作集『羅生門』の題字や、東京田端の自宅二階の「我鬼組」の扁額、そして「身のまはり」にも記されてあるとおりペン皿の「本是山中人　愛説山中話」は、菅が書いたものである。なお後に作家・編集者になった菅忠雄は、虎雄の長男である。

世界　せかい

雑誌。世界社。「鴉片」が発表されたという雑誌であるが、全集第十三巻の『後記』には、「鴉片」は、「初出未詳。小型版全集第十九巻の『作品年表』に『大正十五年十一月『世界』』とあることに拠り、ここに配した。普及版全集に収録されたものの文末に、「(大正十五年十一月)」。」となっている。「鴉片」については、「(大正十五年十月)」とある。(但し、元版全集では、「(大正十五年十一月)」。」となっている。当然のことながら昭和五十三年三月の岩波版全集第八巻の『後記』には、「未見」とあり、『芥川龍之介全作品事典』(勉誠出版、平成十二年六月)では、「確認されていない。」とある。残念ながら国会図書館には一冊も所蔵されておらず、日本近代文学館に第二巻第五号(昭和二年六月)の一冊が所蔵されている。

創作月刊　そうさくげっかん

文芸雑誌。昭和三年(一九二八)二月~四年(一九二九)五月。全十六冊。文芸春秋社発行。創刊号の編集後記に、「文壇不振の声の叫ばれてゐる今日、本誌の誕生は決して無意義ではないと思ふ。今後は益々文芸雑誌として権威あるものとし、努めて新人の紹介をして行き度い。そして沈滞した文壇に清新な気力を注入したいと思つてゐる」とあることから、また『文芸春秋三十五年史稿』などから、無名作家、新進作家のための文芸雑誌として企画、発行された雑誌といえる。

芥川の作品は、没後の昭和三年七月の第一巻第六号に『文壇小言』、初出時は『文壇小言(遺稿)』、が掲載された。この作品の末尾には(大正十四年八月)と執筆年月日が記されている。なお昭和二年一月十五日の横尾捷三宛手紙に、「冠省、創作月刊の件は菊池へでも直接おかけあひ下さい。原稿は同封御返送します。」というのがある。

大観　たいかん

総合雑誌。大正七年（一九一八）五月〜十一年（一九二二）四月。全四十八冊。はじめ大観社、後に大隈重信主宰。実業之日本社発行。大正十一年一月に大隈重信が没し、その翌月「大隈侯哀悼号」を出してのち二冊で廃刊。大隈は創刊号の『発刊の辞』で、「世界は今日新創造の一大紀元に接して居るので今の急務は此の時勢を世界的に「大観」するにある」と述べている。それは、第一次世界大戦後の世界を見据えての発言で、この創刊号は、『世界的大戦の文明史上に及ぼせる影響』を特集し、大隈自身も『露国の解体と世界の動揺』を発表している。なお創刊号から九年三月号まで、『大隈侯爵座談』を連載している。芥川は、大正十一年三月に「トロッコ」を発表したほか、大正八年一月にはアンケートの回答「女形次第で―私の好きな芝居の女―」を寄せている。また「我鬼窟日録」の大正八年六月七日の記述や、大正十一年二月十六日の佐佐木茂索宛手紙に「大観」が見られる。

大調和　だいちょうわ

文芸雑誌。昭和二年（一九二七）四月〜三年（一九二八）十月。全十九冊。春秋社発行。毎号表紙に「武者小路実篤編集」とあり、顧問格として、志賀直哉、柳宗悦、長与善郎、千家元麿、岸田劉生ら旧白樺同人がいたことから、その誌風は自ずと知れる。実篤『続或る男』（二年四〜六月）、直哉『蘭齋歿後』（二年四月）や、佐藤春夫『みよ子』（二年五月）、横光利一『担ぎ屋の心理』（二年八月）、佐藤惣之助『鬼』（二年八月）などがある。芥川は、「歯車」の「一　レエンコオト」を発表している。また没後の昭和二年九月には、井上哲次郎『芥川龍之介の自殺について』と小林秀雄『芥川龍之介の美神と宿命』が発表され、十一月には、滝井孝作によって『芥川さんの手紙』が載せられる。そのほかの著者に谷崎潤一郎、谷崎精二、内田魯庵、室生犀星、堀口大学、青野季吉や、尾崎行雄、津久井龍雄、山浦貫一などバラエティーに富んでいる。

田中　純　たなか・じゅん

明治二十三年～昭和四十一年（一八九〇～一九六六）。小説家。広島県生れ。関西学院神学科を経て、早大英文科を卒業。春陽堂に入社。「新小説」の編集主任。「中央文学」の編集にも従事。ロシア文学の翻訳を手掛け、とくにツルゲーネフの作品の翻訳出版が多い。大正八年（一九一九）、里見、久米正雄らと「人間」創刊に参加。

芥川は、大正八年一月十二日の「時事新報」のアンケート「新年の傑作は誰の何？」で、田中純の『智慧の果』（「文章世界」大正八年一月）を挙げ、九年（一九二〇）十一月の大阪毎日新聞社編纂・発行の「毎日年鑑（大正十年）」に載せた「大正九年の文芸界」で、大正八年度から九年度にかけての文壇は新進作家の輩出が目立っていて、その一人に田中を挙げている。ともに九年十一月の関西講演旅行のメンバーになっている。十三年夏、始めて軽井沢に避暑で滞在したときも交流があった。

中央美術　ちゅうおうびじゅつ

美術雑誌。大正四年（一九一五）十月〜昭和十一年（一九三六）十二月。全二〇三冊。編集兼発行人は、田口鏡二郎（掬汀）。発行所は当初は日本美術学院、大正十二年五月号から中央美術社。田口掬汀は雑誌社、新聞社の記者であって、小説も書いていた。「中央美術」発行の目的は「美術雑誌の大衆的進出」にあり、この雑誌によって美術界の動向が事細かに知れる。芥川は、大正九年六月「近藤浩一路氏の事」（原題「神経衰弱と桜のステッキ」）、同年八月「西洋画のやうな日本画」、同十二月「「日高川」「赤松」」、十年三月「小杉未醒氏」（原題「外貌と肚の底」）があり、これらはすべて美術に関しての文章である。芥川の近藤浩一路、小杉未醒に対しての文をはじめとして、大正九年八月に長与善郎、武者小路実篤の岸田劉生、十年三月に与謝野寛の石井柏亭に関する論もあり、文壇画壇人の交遊関係も少なからず読み取れる。

中央文学　ちゅうおうぶんがく

文芸雑誌。大正六年（一九一七）四月〜十年（一九二一）十二月まで確認。編集人細田源吉、のち水守亀之助、新井紀一。春陽堂発行。年少の読者を対象として、短編小説を中心に、文壇の動向、回想がよくわかるように編集されている。芥川には、大正六年十月「黄粱夢」、九年一月「尾生の信」、同年六月「親しすぎて書けない久米正雄の印象」、同年十一月「「槐多の歌へる」推賞文」、十年二月「仏蘭西文学と僕」がある。またアンケートを多く実施していて、六年十一月「ほんもの、スタイル」、八年の一月「予の苦心する点」、四月「予の愛読書と其れより受けたる感銘」、九年には一月「日記のつけ方」、六月「中央文学に答ふ」、七月「私の好きな自然」、十一月「私の好きな作家」、十年六月「私の好きな私の作」と数多く回答している。「文豪追悼号」、「現代作家号」、「恋愛文学研究号」、「露西亜文学研究号」、「仏蘭西文芸号」、「独逸文化号」などの特集もおもしろい。

早稲田文学　わせだぶんがく

文芸雑誌。第一次は、明治二十四年（一八九一）十月～三十一年（一八九八）十月。東京専門学校、のち早稲田文学社発行。全一五六冊。主宰坪内逍遙。第二次は、明治三十九年（一九〇六）一月～昭和二年（一九二七）十二月。発行は金尾文淵堂、早稲田文学社、東京堂、春秋社、東京堂と移る。主宰島村抱月、のち本間久雄。第三次以降は省略。芥川は、「大正八年六月の文壇」で須藤鐘一の『廃倉の病者』、「大正九年四月の文壇」で中村吉蔵の『井伊大老の死』を取り上げて批評している。「大正八年度の文芸界」では、文壇を出身大学別に、「白樺派」「新早稲田派」「新赤門派」「新三田派」に分けている。「大正九年度の文芸界」では、室生犀星、細田民樹ら新進作家が多く輩出したことを挙げ、「早稲田文学」「新小説」の推薦を入れたら夥しい数になると特徴を述べている。「仏蘭西文学と僕」では、安成貞雄のアナトオル・フランスの「タイス」の紹介文を読んだことが記されている。「文芸雑感」では、自然主義が「文章世界」「早稲田文学」によって代表された旨が述べられている。

和田久太郎　わだ・きゅうたろう

明治二十六年～昭和三年（一八九三～一九二八）。無政府主義者。兵庫県生れ。大阪で株式仲買店の店員をしながら俳句に親しむ。後に上京し社会主義運動に参加。売文社、北風会、労働運動社に属して、労働社農民の自主的運動に努力。とくに大正七年（一九一八）一月、東京亀戸の労働社街で同居した大杉栄、久板卯之助らと発行した「労働新聞」は、労働者の啓発を意図したものであった。さらに大正十年（一九二二）十二月、大杉、伊藤野枝らと第三次「労働運動」を創刊した。大杉の虐殺後の関東大震災一周年記念日に、報復として関東大震災時の戒厳司令官福田雅太郎陸軍大将を狙撃したが未遂に終わる。無期懲役になり、秋田刑務所に服役中に縊死。著者に『獄窓から』（労働運動社、昭和二年三月）がある。芥川には、これを読んでの感想「獄中の俳人」（「東京日日新聞」昭和二年四月四日）がある。また、昭和二年（一九二七）三月二十八日の斎藤茂吉宛の手紙でも触れられている。

案頭の書　あんとうのしょ

随筆。【初出】「新小説」大正十三年六月に、「案上の書」として「失笑一番せざるものあらん。」までを、同誌七月に残りを「案頭の書」として掲載。【収録】単行本未収録。全集第十一巻収録。【内容】「一　古今実物語」と「二　魂胆色遊懐男」の二章から成る。（ただし初出時において七月掲載分、「失笑一番せざるものあらん。」の後の「更に又」からが「二　古今実物語（承前）」とあり、「三　魂胆色遊懐男」となっている。）「一」北尾辰宣著の『古今実物語』は、稀観書ではないが、風変わりな趣があるのでその概略を紹介する。『古今実物語』は奇談二十一編あるが、奇談は怪談めいてるが怪談ではないと述べている。つまり怪談の型はしているが、そこには作者が「現実主義的なる解釈を加へ、超自然を自然に翻訳したり」していると言う。そして「余はこの皮肉なる現実主義に多少の同情を有す」と心を寄せている「二」江島其磧の「魂胆色遊懐男」は「豆男江戸見物」のプロトタイプで、芥川が所蔵しているのは、巻一、巻四の二冊だと言っている。この作は「ラブレエを想はしむる」と述べている。【評価】芥川自身も『今昔物語集』『宇治拾遺物語』『古今著聞集』などを取材した作品が多いだけに、その創作手法に共通の思いを抱いたのは容易に知れる。またラブレエについては、「仏蘭西文学と僕」で文壇に影響与えたフランス文学はラブレエ、ラシイヌ、コルネイユではなく、十九世紀以後の作家だけだと指摘している。だが「雑筆」草稿」の「井原西鶴」では「恐るべき現実を見」、「その現実を笑殺し」た西鶴がいれば、ラブレエを持たなくても不幸ではないと述べている。これも芥川の文学観の表出である。

伊東から　いとうから

随筆。【初出】「時事新報」大正十四年四月十七日。【収録】単行本未収録。全集第十二巻収録。【内容】「時事新報」文芸部主任の佐佐木茂索宛の書簡体の文章。四月十三日に「時事新報」の静岡版に載った文章「けふの自習課題」が、文学臭の強いものであるにも拘らず、文芸欄に載らないのはおかしいということを記しているが、「二伸」という形を取って、十二三歳の病弱な少女がこの記事を熱心に読んでいるのを見て、「けふの自習課題」の作者に芸術的嫉妬を感じ、少女には幸福を感じ、自分もこのような作品を書きたいと述べている。【評価】芥川は病気療養のために、修善寺の新井旅館に四月十日から五月三日までを過ごす。だがのんびりすることができず、執筆に追われている。そういう中でこの出来事は、ある種の清涼感をもたらし、気分を高揚することができたかと思われる。また芥川晩年の文学観の一端も窺えよう。

「槐多の歌へる」推賞文　かいたのうたえるたすいしょうぶん

推薦文。【初出】「新小説」「中央文学」大正九年九月など。【収録】単行本未収録。全集第七巻収録。【内容】奔放であって謙虚な村山槐多の心は、我々を動かすほどの芸術の士としての尊さがある。しかも二十四歳の若さで死を迎えた「敬虔な牧羊神の歌」に共感する人は多いはずである。【評価】村山槐多の遺稿集で山崎省三編『槐多の歌へる』（アルス、大正九年六月）刊行広告に際して寄せた芥川の推薦文。広告は、雑誌一頁の全体を占め、「有島武郎氏が近頃日本に現れたる稀有な文献と激賞せられたる一青年画家の驚嘆すべき一大手記！」と上に書かれ、その下の「諸家の推賞」と題した欄に、有島、与謝野寛、晶子、高村光太郎、室生犀星、竹友藻風の文章とともに掲載された。「人生と社会の矛盾に傷ついた多感な青年」（『日本近代文学大事典』講談社、昭和五十二年十一月）の才能と人生に強く惹かれたのは確かであろう。

彼の長所十八　かれのちょうしょじゅうはち

随筆。【初出】「新潮」大正九年八月。大見出し「南部修太郎氏の心象」のもと表記の題で掲載。【収録】単行本未収録。全集第六巻収録。【内容】語学が達者、几帳面、家庭的、論争に勇、作品の雕琢に熱心、自作評価に対し謙虚、月評に忠実、通人ぶりや贅沢をしない、容貌卑しくない、よく精進する、妄りに遊蕩しない、視力が良い、絵や音楽にも趣味を持つ、どこか若々しい、皮肉や揚げ足取りを言わない、字が分かりやすい、軍隊用語に明るい、正直、という南部修太郎の長所を箇条書きにして十八並べている。【評価】この作品は、芥川が「大正八年六月の文壇」で、南部の『蟀谷《こめかみ》のきず跡』（「三田文学」大正八年六月）を「手際よく」書かれていて「作家ずれのしない純粋さがある」と褒めていることや、「大正八年度の文芸界」でも「素直な美しさ」を認めていることと結び付く。「南京の基督」への南部評に対する芥川の反論の手紙（大正八年七月十五日、十七日）は、恐らくこの作品で褒めた直後の批判だっただけに、芥川の感情が露になったものであると考えられよう。

西郷隆盛　さいごうたかもり

小説。【初出】「新小説」大正七年一月。【収録】『鼻』（春陽堂、大正七年八月）に収録。全集第三巻収録。【内容】「僕」は維新史の学者本間さんから大学生のときの話を聞く。本間さんが春休みに資料研究と行楽をかねて京都に行った帰り、列車内で老紳士と出会う。その老紳士は、本間さんが史学科の卒業論文に西南戦争を取り上げる予定だと語ると、西南戦争の資料には誤伝が多いが、最大の誤りは西郷隆盛の城山戦死説だと言う。本間さんはばかばかしくて笑っていたが、老紳士の落ち着いた態度が忌々しくなり、反論する。だが老紳士は「確かな実証」として、西郷が「今此上り急行列車の一等室」に乗っていると言い、そこに案内する。本間さんは西郷さんに酷似した人物を実際に見て、史料を信じるべきか自分の眼を信じるべきか当惑した。やがて老紳士は「あれは僕の友人」だと述べ、本間さんが余りにも「青年らしい正直な考えを持つてゐたから」悪戯したのだと言い、高名な歴史学者であることを明かす。そして老紳士は、「嘘のない歴史」よりも「美しい歴史」を書きたいと言う。【評価】田中純が「所謂《いわゆる》新技巧派の人々」（「時事新報」大正七月一月三十一日）で「縦横の機知と、犀利な批評心と不思議な洞察力と、極めて巧みな構想力」を持ち「渾然とした完成された心象を残す」と称えのを初め、豊島与志雄や菊池寛もそれぞれ「文章世界」「帝国文学」で、芥川の技巧を評価している。ところで大正六年十二月十四日の松岡譲宛葉書に「新年の新小説へは西郷隆盛と云ふへんてこなものを書いたから出たらよんでくれ」と記している。吉田精一は『芥川龍之介』（三省堂、昭和十七）で「手軽な感じがする」もので「自信のない作」であろうとしている。瀬沼茂樹は『名著復刻芥川龍之介』（日本近代文学館、昭和五十二年七月）「解説」で「西郷隆盛生存説を採りあげ、歴史懐疑論を展開している。（中略）歴史の根本問題に触れているが、それ以上に突っ込んで考えようとはしていない」と読んでいる。久保田芳太郎は『芥川龍之介辞典』（明治書院、昭和六十年）の「西郷隆盛」の項で、「「歴史其儘」（森鴎外）の客観史料ないし事実に対し疑問を提出し、さらに「歴史離れ」（同）の主観想像力を強く主張している」「作者芥川の歴史観をよく表している作品」と記している。そういう中、海老井英次は「史料離れの歴史小説を書き連ねてきた芥川の、このマニフェストを読み取ることが大切であり、〈歴史懐擬論〉はむしろ二義的なもの」としている。松本常彦の「歴史ははたして物語か、歴史観の再検討」（「国文学」平成八年四月）はリッケルトの歴史科学論の影響を述べている。また神田由美子は研究史を踏まえた上で、芥川の他の作品と考え合わせ「〈車中〉という空間に視点を当てている。ともあれ「嘘のない歴史」ではなく「如何にもありさうな、美しい歴史」を書くのは、当然作中人物の老紳士ではなく芥川自身なのである。

蜃気楼　しんきろう

小説。【初出】「婦人公論」昭和二年三月。【収録】『湖南の扇』（文芸春秋社、昭和二年六月）に収録。

全集第十四巻収録。【内容】鵠沼に滞在していた「僕」は、ある秋の昼頃KとOと蜃気楼を見に出かけた。途中で「僕」は路上で轍を見つけ、Kは「新時代」と称した男女を目撃するが、Oは蜃気楼ではないかと言う。海岸では蜃気楼は見えず、歩いているうちに黒枠の中に横文字で名前を記した木札、尾を垂らした真っ白い犬を見つける。Kが東京に帰った日の夕方、「僕」は妻とOと一緒に砂浜を歩いた。その夜は星も見えなかった。Oがマッチを付けたとき「僕」は遊泳靴を「土佐衛門の足」と思ったりする。火が消えた後「僕は」鈴の音を耳にする。草履を履いているはずの妻は自分の木履の鈴だと言う。Oは妻の袂に入っているおもちゃだと言う。「僕」は夕べの夢の話をする。印象の強いものはどこか頭に残っていると言う。向こうから男がやってくる。「僕」はそれを錯覚だと思う。だが錯覚ではなかった。しかし擦れ違う男のネクタイピンが光っていると思ったのが、実は巻煙草の火であったことを知る。Oと別れ、妻と話しているうちに、「半開きになった門の前」に来ていた。【評価】久米正雄は、「芥川龍之介の追憶座談会」(「新潮」昭和二年九月)で、「筋のない小説」として「変な実感に富んだ鬼気にも富んでゐるし、深い暗示を含んだ作品だと思つた。さうしてあれだけ力のある作品は、芥川の全作を通じて矢張りなかつたやうに思ふ」と賞賛している。堀辰雄も「芥川龍之介論」(卒業論文、昭和四年三月)で、「『話』らしい『話』はどこにも見出されない」この作品こそ「あらゆる小説中で最も詩に近い小説」との見解を示している。その延長線上で吉田精一は「全然筋のない所に生じる純芸術的な美しさという点では、彼の全作品中、これに匹敵するものはないかもしれない。」(『芥川龍之介論』三省堂、昭和十七年)と言い、「志賀直哉の心境小説に似て、しかもその中に磅礴《ぼうはく》する鬼気を以て、志賀と全く対蹠的なものをつくりあげてゐる」と指摘している。平岡敏夫は「志賀直哉にぎりぎりに接触することで、それを越えることを目指していたのではなかったか」（『国文学』昭和四十五年十一月→『芥川龍之介　抒情の美学』大修館書店、昭和五十七）と述べ、三好行雄は「志賀直哉の心境小説を意図しながら、それとは異質の芸術性を完結した短編」（『芥川龍之介論』筑摩書房、昭和五十一年）と述べている。言葉にこだわりを持って書かれた浅野洋「『蜃気楼』の〈意味〉――漂流する〈言葉〉」（『一冊の講座芥川龍之介』有精堂、昭和五十七年）も必見である。また、同時期の芥川作品との照らし合わせも必要であろう。ところでこの作品には、「続海のほとり」という副題が付けられている。『続海のほとり』は大正十四年九月に「中央公論」に発表されたものである。類似点、相違点共にあることから、その点からの論稿も多いことを付しておく。

真ちゃん江　しんちゃんへ

小品。【初出】未詳。生前未発表（「小学生時代」のものとされている）。【収録】単行本未収録。全集第二十一巻収録。【内容】九幕物の戯曲梗概形式。資産家野口真造は事業に失敗し、秩父山中に逃げ込む。そこで元薩摩士の山賊秋永国造と出会う。一方、社会党党大会に出席した首領覆面王とローズ夫人の下には、警官が侵入してきて大会が禁止される。その後覆面王とローズ夫人は、吉田医学博士に爆裂弾を作らせ、その実験に秩父山中に入る。ここで皆が顔を合わせ、皆社会党員になる。そしてこの一団が飛行艇に乗り、爆裂弾で全欧州を破壊する。【評価】単純に考えても、秩父山中で反動的活動をするというのは、秩父事件の影響であろうし、「無法なる警官」も反体制的である。加えて「社会党」という用語からは社会主義が伺える。しっかりとしたものではないが、見逃せない要素である。

「野口真造君硯北」との関わりにも注意。
【参考文献】松沢信祐『新時代の芥川龍之介』（洋々社、平成十一年）

早春　そうしゅん

小説。【初出】「東京日日新聞」大正十四年一月一日。【収録】『大導寺信輔の半生』（岩波書店、昭和五年一月）に収録。全集第十二巻。なお全集第二十一巻に「「早春」草稿」が収録されている。【内容】大学生の中村は、薄いオーバーコートに身を包み、博物館二階の爬虫類標本室に入った。そこはひっそりしていて、去年の夏以来、人目を避けて三重子と出会う場所にしている。待ち合わせ時刻の二時になっても三重子は来ない。待っている間に中村は、以前のしとやかな女学生で、優しい寂しさを持った三重子を、思い出していた。五分経った。今度は最近の三重子を思い浮かべた。いつもは十分と遅れることのない三重子は、今日は十五分過ぎ二十分過ぎても来ない。三重子はこの半年間ですっかり不良少女へと変わってしまった。中村は、三重子に倦怠感を感じていたが、それは三重子への幻滅であったと悟る。二時半になったら標本室を出ようと思うが、義務感からとどまる。それだけでなく欲望に似た愛も感じている。とうとう三時十分になって退出した。夕方小説家志望の大学生堀川保吉に会ってそのことを話す。堀川は、中村が標本室を出た三時十分のそれから後を想像して、小説を考えるが「気の利いた小説ぢゃない。」と言ってにやにや笑っている十年後小説家となった堀川は、婦人雑誌の新年号の口絵に男女三人の子供と一緒に幸福そうに微笑んでいる三重子を見つける。【評価】芥川の保吉ものの一つ。「芥川龍之介全作品事典」（勉誠出版、平成十二年）で、足立直子は、「恋人への情熱を失いつつある男性の微妙な心理が巧みに描かれている。」と記している。すでに山梨県立文学館から出された『芥川龍之介資料集』（平成五年）に「草稿」が紹介されたが、今全集の刊行で両者の精密な比較が行えることとなった。どことなく国木田独歩の作品を想起させる。

島木健作（しまきけんさく）明治36年（一九〇三）・9・7～昭和20（一九四五）・8・17。小説家。本名朝倉菊雄。北海道生。二歳の時に父と死別。高等小学校を中退して働くが、苦学して東北大法文学部選科に入学。その翌年学業を捨てて農民運動に参加。日本共産党に入党し、三・一五事件で入獄。転向声明を発する。その頃のことを書いたのが、第一作の『癩』（昭9）や『盲目』（同）『獄』（同）である。その他に長編小説『再建』（昭10～11）『生活の探求』（昭12～13）や遺作『赤蛙』（昭21）がある。

赤蛙（あかがえる）短編小説　島木健作《しまきけんさく》　初出は「人間」（創刊号）昭和21（一九四六）・1。『出発まで』所収、昭和21・3、新潮社刊。

◆あらすじ　療養のために出かけた修善寺の宿で、予約しておいたにもかかわらず冷たくあしらわれ、ひどい部屋に通されたので、自然私は外に出て一人散策に時を過ごすことが多かった。ある午後、私は桂川に沿って上り、石に腰を下ろして休んでいた。すると中洲の上にいた一匹の赤蛙が目に留まった。赤蛙は向こう岸に渡ろうとするが、急流のために元の場所に押し戻されしまう。けれども赤蛙は諦めずに何度も同じことを繰り返していた。しかしとうとう力尽き、渦に飲み込まれ二度と浮き上がってこなかった。私は赤蛙が明確な目的意識に基づいて行動していると思った。そして「力の限り戦って来、最後に運命に従順なものの姿」を見るのであった。

◆みどころ　作者没後に発表された小説で、『黒猫』（昭20）「むかで」（昭21）などと共に最晩年の小動物ものの一編。収録本『出発まで』は生前に作者自身が編んで、題字を川端康成に依頼し、新潮社に渡されたものである。病状が悪化し死が間近に迫ってきていることを感じ、時代に抗っても流されてしまった自分自身の運命を想起して、自身を赤蛙に仮託した心境小説。志賀直哉『城の崎にて』（大6）梶井基次郎『交尾』（同）尾崎一雄『虫のいろいろ』（昭23）などに通じる。

再建（さいけん）　長編小説　島木健作《しまきけんさく》　初出は「社会評論」で一～三章が昭和10（一九三五）11月号、四～六章が12月号、七～九章が翌年1月号、十章が3月号、十一、十二章が4月号、十三～十五章が5月号、十六、十七章が6月号、十八、十九章が7月号、二十、二十一章が8月号に掲載。「社会評論」が廃刊されることになったので、以下書き下ろし。昭和12（一九三七）6、中央公論社刊。刊行直後に発売禁止。

◆あらすじ　場面は昭和初年代後半の農村に設定されている。貧農の娘山田春乃は「ほとけ」といわれた父が差し押さえの米を抜き捕って罪に問われて以来、学生出身の運動家浅井信吉に惹かれつつ、農民組合の事務所の手伝いから婦人部で活動するようになった。組合壊滅後は産婆として農村の福祉のために働いている。そんな彼女を中心にして、彼女が推し進める組織再建運動とそれに対抗する側の問題が描かれている。一方春乃と内縁関係を結んだ信吉は、時代の流れに気をもみながらも非転向を貫き、獄中生活を強いられるのであった。

◆みどころ　昭和3年の三・一五事件で多くの共産党員が検挙された。作者島木健作もその中の一人であった。この小説は、「あとがき」で島木が記しているように、「過去のほとんどすべてが打ち込まれている」ものである。主人公浅井信吉にはモデルがいるが、心理的な面では作者自身とも結び付いている。だが残念ながら発売禁止になってしまう。彼は「この作品はこれだけではまだ作中の人物と事件のすべてに結末を与へてはゐない」と述べ、第二部を予定していて、そこには「主人公の出獄後の生活において転向問題が正面から取り上げられる」筈であった。これを書く機会を失ってしまったことによって、次作『生活の探求』（昭12〜13）が「転向問題」ではなく「求道の問題」がテーマになった。

生活の探求（せいかつのたんきゅう）長編小説　島木健作《しまきけんさく》　初出は正編が昭和12（一九三七）・10、続編が昭和13（一九三八）・6、共に河出書房刊。第2回北村透谷賞。

◆あらすじ　苦学して東京の大学に入った杉野駿介は、病気のため瀬戸内海に面した故郷に帰る。だが駿介は観念の世界から現実の世界に生きようとして、快癒後も大学に戻らず農民生活に生きがいを求める。彼は厳しい農村の現実に苦汁を味わいながらも、煙草畑の増段に成功し、新たなる自信と勇気とを得るのであった。続編では、小作料問題、村の衛生組合や道路愛護会等の仕事に奔走しているうちに、駿介は村民の信頼を得るようになった。しかし突然彼の良き理解者である父が亡くなってしまう。彼は自分に確固たるプログラムが欠けていたことを反省し、それを得るために再び上京する。だが自分の信念の正しさを確かめることとなって帰郷する。その後腸チフスにかかるが、それが癒えたら「真に土に生きるものとならう」とする。努力すること、実行することの大切さを知り、農繁期の託児所建設を成功させ、さらに大きな責任を感じるのであった。

◆みどころ　正編は数十万部のベストセラーになった。続編もまた正編の半分近くの売れ行きをあげた。これは国家権力による弾圧が厳しくなってきた時代の中で、転向を余儀なくされた島木の、作家としての自らの体験を下に、知識人の生き方を追及したところに、当時の学生や知識人に大きな影響を与えた作品である。それは、「大切なのは、簡粗な清潔な秩序ある勤労生活」で、「物事は何でも自分自身の頭で納得の行くまで考え」ること、「その日の生活を一つ一つ土台石をおくやうにして積んで行くこと」というような「努力主義を自分の生活信条にしたい」と述べる駿介の発言を受けるかのように、若い知識人たちに農村回帰をもたらすのであった。

伊藤永之介（いとうえいのすけ）明治36（一九〇三）・11・21〜昭和34（一九五九）・7・26。小説家。本名栄之助。秋田県生。小学校卒業後、日本銀行秋田支店勤務を経て、新秋田新聞記者。「種蒔く人」の影響を受け、金子洋文《ようぶん》を頼って上京。「文芸戦線」に『新作家論』（大13）を発表し評判を得、「文芸時代」に文芸時評を書く。後「文芸戦線」同人。『総督府模範竹林』（昭5）『平地蕃人』（同）『万宝山』（昭6）の植民地ものや、『梟《ふくろう》』（昭11）『鴉《からす》』（昭13）『鶯《うぐいす》』（同）の鳥類もの、『警察日記』（昭27）などがある。

鶯（うぐいす）中編小説　伊藤永之介《いとうえいのすけ》　初出は「文芸春秋」昭和13（一九三六）・6、『鶯』所収、昭和13・10、改造社刊。第2回新潮社文芸賞。
◆あらすじ　老婆キンが十数年前に曲馬団に売られた養女のヨシエを捜してほしいと警察署を訪ねることから始まる。キンは最近になって町の旅籠《はたご》屋で働いている女がヨシエらしいと聞いて出かけてきたのだが、彼女は腹痛のため署内で一夜を過ごすことになってしまう。そこには、やきもちから婿を追い出す母とそれを悲しんで狂言泥棒を仕組んだ娘、鶏泥棒の男とその女房に手を出した男、女装の男に引っ掛かった男、教え子の身売りを止めようとする小学校教師、濁酒《どぶろく》密造で労役場送りになった男と、その妻で貧困のために禁鳥の鶯を売りに来た女などが登場する。そんな中に、産気づいた子連れの女が飛び込んでくる。この女がキンの養女ヨシエであった。たまたま取り調べを受けていたもぐりの産婆がヨシエの赤ん坊を取り上げる。だがその時キンは赤痢のため入院させられ重体となっていた。

◆みどころ　『梟《ふくろう》』（昭11）『鴉《からす》』（昭13）等の鳥類ものの一つで、農民文学の代表作。東北地方のある警察署内での二日間の出来事なのに、多くの人物が登場し、その人物同士の結び付きが無駄なく描かれている。後の『警察日記』（昭27）への繋がりを見せている。昭和13年豊田四郎監督、八田尚之脚本、杉村春子・清川虹子出演で、東京発声映画製作所より映画化された。

社会文学事典

1・5戦記文学

「戦争文学」は文学史の上で確立された言葉であるが、「戦記文学」という用語はまだ確立されてはいない。「戦争文学」は広義には明治以降の、すなわち近現代の戦争を扱った作品を言い、狭義には「反戦文学」を除いたもの、すなわち戦争を支持または服従の立場から描いた作品をさす。中古の『将門記』『陸奥話記』や中世の『保元物語』『平治物語』『平家物語』『太平記』などは戦争が題材になってはいるものの、これらは文学史的には軍記物語とか戦記物語と呼ばれるものである。では「戦記文学」とはどういうものなのか。『明治文学全集97　明治戦争文学集』（一九六四・筑摩書房）の「解題」に木村毅が、軍歌の「「戦友」には、通俗の戦記文学にはつきものの勇壮、あるいは忠君愛国などの感情や思想は、ほとんどあらわれていない。」と述べている。つまり木村は戦記文学は通俗的なものという解釈をしている節がある。それは日露戦争の日本海海戦を体験した水野広徳の「此一戦」（一九一一・博文館）を、「小説ならぬこの戦記文学」と捉えている点からも察することができる。だがこの作品は、同じ日露戦争時に陸軍の旅順の戦いに参加した桜井忠温の『肉弾』（一九〇六・英文新誌社出版部）と共に戦争文学として確定された作品である。所収時に、読者的感興も湧きにくく文学的でない箇所は削除したとあるが、そもそも『此一戦』も『肉弾』も士官として参戦した軍人の手によるもので記録的要素が強いものである。平岡敏夫は一九七三年八月の「国文学解釈と鑑賞」の特集「戦争文学の展開」で、「明治の戦記文学―『肉弾』『此一戦』をめぐって―」を著し、両者を「戦記文学」としている。

以下、職業作家のもしくは作家となる人物の、新聞や雑誌の記者として戦争を記録・報告しているものについて述べることにする。国木田独歩は日清戦争の折「国民新聞」の記者として従軍し、戦争を記録し報道した。それは軍艦千代田からの書簡体通信文であったが、「愛弟」に呼び掛けるという形式の『愛弟通信』は今までの報道文とは違い話題となり、一躍独歩を有名にさせた。日露戦争では田山花袋が博文館派遣の私設の従軍写真班記者として戦争に赴き、『第二軍従征日記』（一九〇五・博文館）を出す。こうした中、従軍記者になり得なかった島崎藤村は『緑葉集』（一九〇七・春陽堂）の「序」で「自分も亦た筆を携へて従軍したいと考へたが、遂にその志は果たされなかつた。そこで予は『破戒』の稿を起した。人生は大なる戦場である。作者は則ちその従軍記者である」と著すのであった。昭和になると戦争は、日中戦争から太平洋戦争終結までの一五年にわたり長く続く。そして次第に文化統制が強化されるようになる。それゆえ、南京攻略戦日本軍の負の面を描いた石川達三の「生きてゐる兵隊」（「中央公論」一九三八・三）は発売禁止になる。戦場記録・報告は正確には伝わらなくなるのであった。

［参考文献］『新批評・近代日本文学の構造6近代戦争文学』（一九八一・国書刊行会）『近代戦争文学事典』（一九九二～・和泉書院）

1・15 捕虜

捕虜を扱った小説として真っ先に頭に浮かぶのは、大岡昇平の『俘虜記』(一九四八・創元社)であろう。大岡昇平は一九四四年七月臨時招集でフィリピンのミンドロ島に送られた。時に三五歳であった。一二月米軍がミンドロ島に上陸し、大岡は翌年一月二五日に南方山中で俘虜となる。復員は一二月である。『俘虜記』は、この米軍上陸から復員までのおよそ一年の出来事が描かれている。執筆契機は、一九四六年一月上京して小林秀雄を訪ねたところ、小林に「きみの魂のことを書け」と勧められたからである。米軍に追い詰められて中隊がバラバラになり、一人山中をさ迷って限界状況にある兵士としての体験をもとにして、その心理、行動を分析し、さらに捕虜になることを潔しとしない日本の軍隊教育のなか、捕虜になって収容所での日本人捕虜の様子を描いたこの作品は、占領下の日本社会への批判にも繋がるもので、第一回横光利一賞受賞作品となった。なお当初は占領軍の検閲のために発表できなかった。ところで、捕虜になる側ではなく、捕虜を見つめる側の作品に、一九二一年一二月の「種蒔く人」に掲載された金子洋文の「眼」がある。これは、写真屋に写真を撮りにきた人の眼が、一〇年前に銃殺した捕虜の中の一人の眼と同じであったことから、そのいやな日のことを思い出すという掌編である。この「眼」が掲載された号は、「非軍国主義号」であるから、当然その特集に合わせた主題の作品である。日本のシベリア侵略戦争が意識されているのは言うまでもない。一九二三年に書かれた「俘虜」は、子供たちが花見ついでにロシア人俘虜を恐る恐る見に出かけていくが、そこで出会った俘虜の穏やかな姿に親近感を覚えるというものである。これはこの時期先進国の仲間入りをして、日本は文明国であることを示そうとしていたという背景もあるかと思われる。

1・17 戦争犯罪

戦争犯罪とは、戦時法の概念で交戦法規または慣例の違反をいう。略して戦犯。例えば占領地人民や捕虜の虐待などである。しかし第二次世界大戦後にその概念の範囲、内容に大きな動きが生じた。その結果が、大戦後のニュルンベルク裁判および極東軍事裁判（東京裁判）で示される。つまり、一九世紀に支配的であった無差別戦争観では、戦争は超法的現象とされていたので、国際法上、合法違法の評価の対象にはならなかったが、侵略戦争は犯罪であり違法であるとする機運が高まり、第二次大戦後、通例の戦争犯罪のほかに平和に対する罪（侵略戦争または国際条約・協定・制約に違反する戦争の計画）と、人道に対する罪（大量殺人などの非人道的行為、政治、人種、宗教的理由による迫害）が加えられることとなったのであった。東京裁判において、平和に対する罪でA級戦犯として起訴されたのは二八人、刑を宣告されたのは一九四八年一一月一二日で、「精神障害」を理由に免訴された大川周明、判決前に死亡した松岡洋右、永野修身の三人を除く二五人の被告全員が有罪となり、東条英機、板垣征四郎、土居原賢二、松井石根、木村兵太郎、武藤章、広田弘毅の七人が絞首刑、木戸幸一、荒木貞夫ら一七名が終身禁固刑、東郷茂徳が禁固二〇年（服役中に死亡）、重光葵が禁固七年であった。A級戦犯に関しては、児島襄『東京裁判』（一九七一・中央公論社）、木下順二『神と人とのあいだ』（一九七二・講談社）や、広田弘毅元首相をモデルとした城山三郎の『落日燃ゆ』（一九七四・新潮社）などがある。また一九七八年A級戦犯一四名が靖国神社に合祀されたことが、近年大きな問題となっている。通例の戦争犯罪と人道に対する罪を問うBC級戦争犯罪は戦争地域それぞれで裁判がもたれて、一〇〇〇人近くの人々が死刑の宣告を受けた。この折、戦争犯罪が政府または上官の命令によって遂行されたときの部下の責任が問題となった。兵卒が上官の命令で捕虜を銃殺したことによって死刑を宣告されてしまう、橋本忍『私は貝になりたい』（一九五九・現代社、原作は加藤哲太郎の遺書「私は貝になりたい」、同名書は一九九四・春秋社）は映画化、テレビドラマ化され反響を呼んだ。その他ＢＣ級戦犯を扱ったものには数多くの私人の手記、記録があるほか、角田房子『いっさいが夢にござ候―本間雅晴中将伝』（一九七二・中央公論社）『責任―ラバウルの将軍今村均』（一九八四・新潮社）、上坂冬子『巣鴨プリズン13号扉』（一九八一・新潮社）、『遺された妻横浜裁判ＢＣ級戦犯記録』（一九八三・中央公論）、大岡昇平『ながい旅』（一九八二・新潮社）といった作品があげられる。戦犯の問題は、天皇の戦争責任の問題、天皇制とも絡んでいることも事実として受け止めなければならない。

［参考文献］巣鴨法務委員会編『戦犯裁判の実相』復刻版（一九八一・槙書房）東京裁判ハンドブック編集委員会編『東京裁判ハンドブック』（一九八九・青木書店）

16宗教

世界の宗教は大きく三つに分けられる。第一は世界宗教である。世界各地に広まり、誰でも信じることができ、信仰全体を宗教として受け止めることができる普遍性を持った宗教で、いわゆる世界三大宗教と呼ばれるものである。世界三大宗教は、キリスト教、イスラム教、仏教で、宗教人口としてはキリスト教が圧倒的に多く、ヨーロッパを中心にそれぞれの植民地にしていた地域に特に広まっている。次に宗教人口が多いイスラム教は、中近東諸国と北アフリカに多く見られる。また、東南アジアでは、インドネシア、マレーシアでは、最有力の宗教である。仏教は、東アジアが中心である。その仏教はインドを発祥地としたが、今ではインドはヒンズー教が中心である。このようなある民族と結び付く宗教を民族宗教という。これが第二の宗教である。イスラエルのユダヤ教や、日本の神道がある。第三の宗教は、民族宗教よりも狭い特定地域で信仰されているもので、民間信仰、民俗信仰と呼ばれるものである。さて日本では、神道、儒教、仏教が三大宗教である。神道は日本特有の宗教で『日本書記』『古事記』にすでに見られる。いわゆる神話である。奈良時代からの神と仏は相互に依存し合うものであるという考えから、平安時代に神仏習合が唱えられる。これは実質的には仏教の神道支配である。しかしそうした仏教の中からも神道が重んじられ、真言宗の教えを根底とした両部神道が起こる。鎌倉時代末期から室町時代にかけて、神祇官の門流を継ぐ白川家や、吉田神道の吉田家、伊勢神道の伊勢神宮外宮の度会《わたらい》家が仏教から独立の気配を見せる。江戸時代には朱子学や陽明学の理論を持った儒家神道が台頭した。また本居宣長によって唱えられ、平田篤胤がまとめた復古神道も盛んになった。これは『古事記』『日本書記』に立ち返り、仏教や儒教といった外来の宗教を消そうとしたもので、明治時代の国家神道に繋がるものである。つまり、明治になっての天皇を頂点とした近代的な立憲君主制国家に於いては、天皇を最高の神、すなわち「現人神」として奉る思想が打ち立てられるのであった。そしてこのような国家神道は第二次大戦後のＧＨＱの神道指令によって撤廃されるまで続けられた。儒教は四〇五年に日本に伝わったと見られている。室町時代に五山の禅僧によって朱子学の研究が行われたが、次第に宗教性を失い学問として存在するようなる。これが江戸時代の儒学発達の源流になる。江戸時代においては、儒教は儒教道徳とされることが多いが、徳川幕府の国家統治のために大きな影響力を持っていた。だが幕藩体制のゆるみと共に、学問的にも思想的にも次第に衰退し、洋学・国学に押されていった。キリスト教は周知のように一五四九年のフランシスコ・ザビエル来日に始まる。当初は好意的に迎えられていたキリスト教は、次第に弾圧が加えらるようになり、禁止令が出るようになった。明治新政府になってもキリシタン禁令の方針は貫かれた。新政府は、天皇を中心とした中央集権国家を樹立するために、国家神道を日本の精神的支柱としようとしたのである。けれども、西欧に追いつき追い越すために鹿鳴館を社交の場とした欧化主義が取られるにあたって、一八七三年キリスト教禁令を解いた。さて本事項以降に「キリスト教」「仏教」「道徳と儒教」「神道」の項目があるのでこれらについては各々の項目に目を通していただきたい。「その他」についても敢えてここで少し触れておきたい。近年「新興宗教」から「新宗教」、「新々宗教」と次々に新たな宗教が生まれ出ている。その中で大きな社会的事件になったカルト宗教オウム真理教がある。まず松本サリン事件を起こし、次に地下鉄サリン事件を起こした。この事件については村上春樹の取材による『アンダーグランド』（一九九七・講談社）や辺見庸『ゆで卵』（一九九五・角川書店）などがあることを挙げておく。

〔参考文献〕歴史の謎を探る会編『常識として知っておきたい日本の三大宗教』（二〇〇五・河出書房新社）田中治郎『面白いほどわかる日本の宗教』（二〇〇五・日本文芸社）『岩波講座　日本文学と仏教　第一〇巻近代文学と仏教』（一九九五・岩波書店）安森敏隆・海直人・杉野徹編『キリスト教文学を学ぶ人のために』（二〇〇二・世界思想社）

20 農漁村

農村とは「主に農業従事者によって構成されている地域」で、漁村とは「漁家（漁民）を主要な単位とし、漁業生産秩序を基盤に統合されている生産・生活共同の地域集団。漁村の形成は、もともと農業に結合されていた自給的捕魚採藻漁業が、近世以降における漁獲物市場、漁撈技術の発展とあいまって漁業の自立化、ひいては農民の漁民化によって本格化した。」（『新社会学辞典』一九九三・有斐閣）とある。

明治近代国家の成立と共に地租改正が行われた。これは政府が国家財政の基礎を安定させるために、前近代的な土地制度と租税制度の改革を目指したものであった。一八七一年、東京府下の市街地に地券を発行して地租を徴収することに始まり、徐々に他の市街地にも広げていった。一八七二年二月、田畑永代売買の解禁とともに売買譲渡地に、七月には一般地にも地券を発行した。一八七三年七月、地租改正が布告され、地租改正条例が公布された。地租改正は数年間かけて全国に実施された。地租の額は重かったが、地主及び自作農はこの改正を通じて土地の所有権が認められた。けれども小作人は相変わらず小作人のままであったので、地主と小作の関係は前近代時代と変わらず、小作人は引き続き小作料を地主に現物で納めなくてはならなかった。また、農民の共同利用地であった入会地のうち所有権の不明瞭な土地は、官有地として没収されてしまった。この結果、前近代的主従関係は温存され、寄生地主制の形成が進んでしまい、農村の近代化を遅らせることとなった。また、この地租改正に加えて徴兵制や学制などの近代化政策に反対した農民は、一揆を起こした。時は経ち、日清・日露戦争及び第一次世界大戦は資本主義経済を推し進めたが、耕地の狭小と高率小作料に苦しみ、収入の乏しい農民は鉱山、工場の労働や漁業に従事するようになる。それもまた低賃金での過酷な労働であった。その結果、都市では工場労働者などの労働争議が頻発するようになり、農村では小作争議や農民運動に下層農民を走らせた。文学に親しんでいるものは活字を通して世の中に訴え出んとした。そういう時代、世界に暮らしている人々ならびにその世界を捕らえているのが、「農漁村」項目にある事項である。なお、農村も漁村もいずれも都市と対立するムラ社会である。しかしながら、農村・農民と漁村・漁民とは同じ質のものでけっしてない。基本的に農民は、農業に従事している限り自分の村から離れない。離れる場合は、そこでの生活が余りにも苦しくて生活ができなくなったときである。それが後掲の「開拓」である。甘い誘惑に乗って新天地を求めて移民という方法を選ぶのであった。漁村は、農村よりも直接機械化、近代化や資本主義の波が押し寄せてくる。その結果自営で生活することが困難になって、大手資本の傘下に入って賃金労働をせざるを得ない状況に追い詰められもする。つまり、農村でも漁村でも豊かな村があり、貧しい村がある。そこで暮らす人々の中にも貧富の差はあったはずである。そこに近代国家成立と共に資本主義が浸透すると、明らかにその小さな村落社会の中にも「階層分化」が生じてくる。つまり農業資本家、富農、中農、貧農、農業労働者すなわち小作人という階層格差の広がりである。その中で喘いでいる人々を見る目が必要であろう。

20・5 **漁村**

漁村とは一般的に漁民が生産・生活協同する集団の住む村落の漠然とした概念である。その形成についてはもともとは農業と結びついていた。農村において庄屋、名主といった地主は比較的楽な生活を送れるが、自作農や小作の生活は決して楽なものではない。海辺で生活するそういった人々が、農業主体の生活から自給的な意味合いでの魚の捕獲に始まり、半農半漁の生活を営むようになる。もちろんそれは農業を主体とした主農副漁の生活であった。例えば黒島傳治は「自伝」（『新興文学全集第七巻』一九二九・平凡社）で、「家は、半農半漁で生活を立て丶てゐた」と述べている。また、男子が主に漁業労働に従事し女子が農業を行っている場合や、季節や時間帯を振り分けて漁業労働と農作業を行っていた主漁副農の家もあった。純漁村と呼ばれたところもあった。しかし農村に地主、小作があるように、漁村にも網元、網子という関係が作られるのであった。ところが一九二〇年代になって漁船の動力化が進むと、生産力が上がっただけでなく、沿岸漁業から沖合、遠洋漁業へと漁場が広がった。ここにおいて個人や家族による、もしくは集落共同体による漁業と資本主義下の企業による漁業との格差が生れて来る。企薬が進出してきた地域は、もはや漁村ではなくなり、漁港が整備され魚市場や加工工場が発達した市街地を形成するに至るのであった。旧来の漁業形態を取っているところはそのままひっそりと続けていくか企業進出して大きくなったところに吸収されてしまう。企業進出は地域間の格差だけでなく、そこで働く従業員にも格差は生じるのであった。なお黒島傳治の「村の網元」（「地方」一九二五・一一）は、旧来の漁村を舞台にして、息子の失敗で破産し網元株をも失ってしまう漁民の話が描かれている。加藤一夫も『村に襲ふ波』（一九二五・大阪屋号書店）で入漁権をめぐる漁礁を追われる漁民たちの闘いを描いた。小林多喜二の「蟹工船」（「戦旗」一九二九・五、六）には、賃金労働漁民が、会社の利益はすなわち国のためという名目で厳しい労働を強いられストライキを起こし、日本の軍隊によって弾圧される姿が描かれている。また宮本百合子は

「漁村の婦人の生活」(「漁村」一九四一・二)で、時代状況を鑑み「働く男のいなくなったときの海辺の暮し」について嘆いている。現在の漁村では、農村と同じように資源問題、環境問題、従事者の高齢化、集落の過疎化等の問題が立ちはだかっている。なお漁村を舞台にした作品に、国木田独歩「源叔父」(「文芸倶楽部」一八九七・八)、正宗白鳥『五月幟』(一九〇八)『二家族』(一九〇八〜九)、有島武郎『生れ出ずる悩み』(一九一六)、黒島と同じ小豆島出身の壺井栄『二十四の瞳』等や、三島由起夫の『潮騒』などがある。親が漁師である作家に岡田三郎、漁師経験のある作家に西村寿行がいる。また中山晋平の作曲した歌謡曲には、漁師、漁村を扱ったものが多くある。

[参考文献]『新社会学辞典』(一九九三・有斐閣)『近代民衆の記録7漁民』(一九七八・新人物往来社)

20・6 **農民作家**

農民作家という呼称は、農業従事者が作家になった場合、もしくは作家としても仕事をしている場合に与えられるだけではなく、農家出身の作家や、農村や農業従事者の側に立った視点を持っている作家で、農村の様相や農業従事者の姿を描いた作品を主に書いた作家に使われるものである。だから例えば、有島武郎に「カインの末裔」(「新潮」一九一七・一)が、芥川龍之介に「一塊の土」(「新潮」一九二四・一)が、中條(宮本)百合子に「貧しき人々の群れ」(「中央公論」一九一六・九)があり、それらが農村および農業従事者を取材しているからといって、彼等を農民作家とは言わない。山田清三郎は「近代日本農民文学史　上」(一九七六・理論社)で、伊藤左千夫の「野菊の墓」(「ホトトギス」一九〇六・一)以下の作品と長塚節の「炭焼のむすめ」(「馬酔木」一九〇六・七)以下の作品を、「近代日本文学のなかに、はじめて、そしてようやくにして、農家出身の作家の手に成る、農民文学の誕生を意味する、歴史的意義をもつもの」としている。彼らは広義の意味で農民作家と言えるが、狭義の意味において農民作家とは農民文学という言葉が定着するようになってからの作家を指すと考えてよかろう。つまり吉江喬松、犬田卯らの農民文芸研究会の活動が始まった一九二二、三年以降の作家を言う。「濁り酒」(「文芸戦線」一九二二・一)「沃土」(一九二三・砂小屋書房)などの和田伝、「貧農の敵」(一九二七・一)「裸の土地」(「改造」一九二一・九)などの伊藤永之介、「村の次男」(「改造」一九三四・三)「沃土」(一九三六・文学案内社)の丸山義二などである。また反戦小説を書く以前の黒島傳治も「農民作家」と冠されていた。戦後一九五一年九月、山田多賀市によって「農民文学」が創刊され、九号で終わるが、山田の「耕土」続編(一～六号)、犬田の「農民文学思想」(一～六号)、伊藤永之介の「警察日記」一、二回分(七、九号)、が掲載される。また一九四四年に設立された日本農民文学会によって「農民文学」が創刊されるが、こうしたところから農民作家は誕生している。

[参考文献] 山田清三郎『近代日本農民文学史』上下(一九七六・理論社)佐賀郁朗『受難の昭和農民文学―伊藤永之介と丸山義二、和田伝』(二〇〇三・日本経済評論社)

20・7 農民文学

農民や農村の生活が近代日本文学の中に描かれるようになるのは明治三〇年前後で、国木田独歩、田山花袋、島崎藤村らによった。彼等は一様に地方出身者であった。その後伊藤左千夫、長塚節といった比較的東京に近いところに住む写生文系の作家が、農民生活や農村を描くようになる。彼等の書く作品は、広義の意味では「農民文学」といえる。一般にいう農民文学は、一番最初のまとまった農民文学史を書いた犬田卯の『日本農民文学史』（一九七七・農村漁村文化協会）にあるように、一九二二年一二月二日、神田の明治会館で行われた「シャルル・ルイ・フィリップ十三周忌記念講演会」を契機としている。またそれについての記述から犬田のこの『日本農民文学史』は始まっている。そしてこれより以前、講演会の発案者の一人小牧近江は「地から生れる芸術の要求」（「朝日新聞」一九二二・一〇・三〜五）で、同好の士を呼び掛けていた。これに犬田、吉江喬松、中村星湖、椎名其二、石川三四郎が呼応した。この集まりが基で、農民文芸会に発展するのである。また一方、小牧近江も創刊同人の一人であった「種蒔く人」でも、さらには「文芸戦線」でも、農民、農村問題は扱われていくのである。一九一八年、シベリア侵略戦争の備蓄米や地主の売り惜しみのため米が不足して暴騰し米騒動が起きる。一九二二年、日本農民組合が結成され、左右の対立から全日本農民組合も作られる。また、犬田、中西伊之助、渋谷定輔、加藤一夫らの文学者を中心にアナキズム系の農民自治会も成立した。こういった時代背景から「農民文学」も盛んになっていくのであった。ところで小豆島の「半農半漁」の家庭に育った黒島傳治は、シベリア侵略戦争に衛生兵として派遣される。黒島の小説を「農民もの」と「反戦もの」とに区分けしているが、「反戦もの」に登場する兵隊たちは概ね農民出身であって、場合によっては敵対するパルチザンもまた農民出身として描かれている。さて最初のそしてしっかりした農民文学の理論書『農民文芸十六講』が、春陽堂から前記農民文芸会編で刊行されるのは、一九二六年一〇月であった。一九二七年、金融恐慌が起きると労働、農民運動も激化した。翌年の第一回普通選挙実施で選挙違反も大勢出た。その様子を描いたものに金子洋文の『部落と金解禁』がある。こうして農民文学は時代に抵抗してきた。けれども弾圧によってプロレタリア文学は衰微し、転向声明をする作家が出る。島木健作もその一人であるが、彼が一九三七年『生活の探求』を出したことで、農村回帰の現象を引き起こした。また日本の統治地域が台湾、朝鮮半島、満州と拡大することによって、開拓地域も増え、農民文学は隆盛となった。伊藤永之介、和田伝、丸山義二などの農民文学者の佳作が目立つ時期でもある。だがこの時期戦争協力・国策文学化という側面があることも否めない。

〔参考文献〕南雲道雄『現代文学の底流―日本農民文学入門』(一九八三・オリジン出版センター)
山田清三郎『近代日本農民文学史　上下』(一九七六・理論社)

20・8 開拓

一八六九年六月、明治政府は「蝦夷開拓ハ皇威隆替ノ関スル所、一日モ忽ニス可ラズ」という詔を出した。蝦夷地開拓は外交、財政問題と並んで維新当初の三大重要事項であったのである。七月に「土地墾開、人民蕃殖、北門之鎖鑰《サヤク》に樹立し、皇威御更張之基」として開拓使が設置され、八月に蝦夷地は北海道と改称されるのであった。政府は、アメリカ開拓をモデルとした北海道開拓を、一八七一年に翌年から一〇年間で一〇〇〇万円をかけて行うことを決定した。そして一八七四年屯田兵例則により開拓使の所管で、開拓移民を「鎮護保護」し、「北門之鎖鑰」を固めるために「耕し且つ守る」ことを使命にした屯田兵を募った。であるから、屯田兵は当初士族を中心に成り立っていたが、開拓が十分に進展しなかったので、一八八五年の陸軍省告示で拡張・改編され、一八九〇年の改正で「平民」からの募集も行われるようになった。屯田兵は政府の保護を受けているので生活は概ね安定していたのだが、この間に移住してきた開拓民は既に以前住んでいた場所で苦しい生活を送っていた者たちであった。これは地主と小作の格差の広がりによるところが大きく、資本主義社会の負の産物であった。彼らは北海道に移ったからといって生活は楽にならず、むしろ返って厳しい生活を送らざるを得なくなって、多くは信仰に精神的な拠り所を求めたのであった。有島武郎「小さき者へ」(「新潮」一九一八・一)に描かれたU氏の姿がそれである。またアイヌ民族への圧迫も見逃してはならない出来事である。なお、一九二九(昭4)年の不況下の北海道移民も忘れてはならない。開拓ならびに開拓民が描かれている作品に、国木田独歩「空知川の岸辺」(「青年界」一九〇二・一一、一二)、有島武郎「カインの末裔」(「新小説」一九一七・七)や伊藤整、小林多喜二、本庄陸男の作品に多く見られる。アイヌに関しては宮本百合子「風に乗ってくるコロポックル」(生前未発表)、鶴田知也「コシャマイン記」(「小説」一九三六・二)、石森延男『コタンの春』(一九五七・東都書房)、武田泰淳「森と湖のまつり」(「世界」一九五五・八〜一九五八・五)などがある。もう一つ大きな開拓に満蒙開拓が挙げられる。日露戦争を経て満洲に進出し韓国を併合したことによって、時の外相小村寿太郎によって満韓移民集中論や南満洲鉄道の初代総裁後藤新平による満洲移民一〇〇万人計画が出されるが、満洲への移民は一九三一年の満洲事変以後に世界恐慌と金解禁の影響をも受け、満蒙開拓青少年義勇隊が続々と大陸に送り込まれたのであった。打木村治『光をつくる人々』(一九三九・新潮社)、和田伝「殉難」(「革新」一九三九・三)や『大日向村』(一九三九・朝日新聞社)、徳永直「先遣隊」(「改造」一九三九・一)、丸山義二『庄内平野』(一九四〇・朝日新聞社)、島木健作『満州紀行』(一九四〇・

創元社）福田清人『大陸開拓と文学』（一九四二・満洲移住協会）などにその様子が示されている。また伊藤永之介「万宝山」（「改造」一九三一・一〇）を、日本人の満洲開拓移民絡みの、朝鮮人移住農民と中国人農民との衝突を描いた作品として挙げておく。北海道開拓も満蒙開拓も国の政策として行われたものであった。なお島崎藤村『破戒』（一九〇六）、前田河広一郎「三等船客」（「中外」一九二二・八）、石川達三「蒼茫」（「星座」一九三五・四）に北米、南米開拓移民の姿が見られる。

［参考文献］小笠原克『近代北海道の文学』（一九七三・日本放送出版協会）尾崎秀樹『旧植民地文学の研究』（一九七一・勁草書房）

28・9 **買売春**

一八八五年七月「女学雑誌」創刊号で、巖本善治は「我等の姉妹は娼妓なり」を発表して以来廃娼論を展開する。また明治二〇年代には、売春を罪悪とする見方がキリスト教の立場から多く発言される。

樋口一葉の「にごりえ」（「文芸倶楽部」・一八九五・九）に対し、内田魯庵は「一葉女史の『にごりえ』（「国民之友」一八八五・一〇）で、「世には唯売淫婦の賤しむべきことだけを知り之を叱咤し嘲弄する」者が多いが、そうではなく「売淫婦は社会の犠牲となれる最も憫むべきものの一なり」と説き、女性である一葉がその「売淫婦」らに対して「無量の同情」を示しているとし、「ヒユマニチイに富める作家」として類い稀な存在であるとの評価を与えている。一九二〇年四月「中央公論」に発表された徳田秋声の「或売笑婦の話」に対して青野季吉は「こうした女性にも埋もれているヒューマニズムを息づかせ、それを致命的に傷けている売笑の地獄を父と子を同時に客に持っということで暴露した作品」（『現代日本文学全集一〇　徳田秋声集』「解説」筑摩書房、一九五八・二）と評している。「刑務所と売笑婦──そこには昔から芸術があった。」と橋爪健が「新人の横顔」（「新小説」一九二六・一二）で語った葉山嘉樹の「淫売婦」（「文芸戦線」一九二五・一二）では、売春婦がどのようにして生まれるかを三段論法で述べている。まず生活のために工場労働に携わる。するとそこで肺病になる。工場を追われる。収入を断たれたのでどこかで働きたいが病気持ちなので使ってくれるところがない。母と一緒に生活できない。結果売春するしか道がない。ところが売春をしたらより一層身体を悪くした。後は死を待つだけだ。これをもって「今の社会組織そつくり」で、「ブルジュアの生きるために、プロレタリアの生命の奪われることが必要なのとすつかり同じ」という論理であると訴えるのであった。小林多喜二の「瀧子其他」（「創作月刊」一九二八・四）などに踏襲されている。だがこのような作品作家は稀で、概ね買売春への意識は低い。近松秋江は遊女・娼婦に欺される話を描き、永井荷風や谷崎潤一郎の作品には美化する傾向が見られる。また、田村泰次郎や吉行淳之介などの作品にもその時代の買売春の実態がよく書かれている。そして売春禁止法施行以後現在に至るまで、買売春は形を変えつつもなくなってはおらず、その折々の現実世界の一端が描き続けられている。

［参考文献］吉見周子『売娼の社会史』（一九八四・雄山閣出版）岡野幸江・長谷川啓・渡邊澄子共編『買売春と日本文学』（二〇〇二・東京堂出版）

39・16 **農民文芸会**

一九二二年一二月二日、「種蒔く人」の同人小牧近江が発起人となって神田で「シャルル・ルイ・

フィリップ十三周忌記念講演会」が開催された。これは当時農民生活に取材した詩や小説を書いたことのある文学者や、農村問題に深い関心を示していた思想家を刺激した。この時の講演者の中の一人であった吉江喬松の講演内容から（のち「大地の声」として「新潮」一九二三年一二月号に掲載）、「フィリップ友の会」あるいは「大地の会」として吉江をはじめとして中村星湖、椎名其二、犬田卯、石川三四郎によって会合が持たれるようになったのが農民文芸会の始まりである。ただし石川は、安部磯雄、秋田雨雀などと共に日本フェビアン協会設立のため早々に会から外れるが、加藤武雄、白鳥省吾、大槻憲二が参加するようになった。さらに佐伯郁郎、渋谷栄一、和田伝、中山議秀（のち義秀）、帆足図南次らが加わることにおよんで農民文芸研究会と称するようになる。さらに一九二六年頃には単に農民文芸会とし、農民文芸会編で『農民文芸十六講』（一九二六年・春陽堂）を刊行するに至った。これは日本の農民文学史を見るに当たっても大きな成果といえよう。そして新潮社から機関誌「農民」も創刊されるが、会員間の思想的な食い違いが甚だしくなり内部分裂が生じ、加えて資金繰りも付かなくなり一九二八年六月をもって廃刊、同時に農民文芸会も解体した。ただし農民文芸会は、一九二八年八月に農民自治会へ、翌年四月には全国農民芸術連盟へ、一九三一年一一月には農民自治文化連盟として改編改組された。機関誌名「農民」は引き継がれた。

［参考文献］山田清三郎『近代日本農民文学史　上下』（一九七六・理論社）小田切秀雄編・犬田卯著『日本農民文学史』（一九七七・農村漁村文化協会）

39・18 **日本プロレタリア文芸連盟**

日本で最初のプロレタリア文学運動組織。一九二五年一月、「文芸戦線」に訳載せられた「万国の革命的プロレタリア著作家に檄す」は、「ソヴェート聯邦に於ける無産階級著述家の会議が開催」され、「無産階級著作家の強固なる国内的組合の必要を認め、且つそれらの各組合が、国際無産階級聯盟に於いて団結すべき」と訴えたものである。これをきっかけに日本国内に於いても団結の動きが活性化する。「文芸戦線」では九月に「日本プロレタリア文芸聯盟宣言」と「日本プロレタリア文芸聯盟規定草案」が発表され。一〇月には「日本プロレタリア文芸聯盟宣言（結成に際して）」が「解放」にも掲載された。そして一二月に「日本プロレタリア文芸聯盟綱領・行動綱領」が掲載されるのであった。この間、一〇月四日に牛込神楽坂倶楽部で発起人会総会が開かれた。出席者は、「文芸戦線」から青野季吉・佐々木孝丸・今野賢三・中西伊之助・柳瀬正夢・山田清三郎が、「戦闘文芸」の岩崎一・北見与志、「文芸市場」の梅原北明・中野正人、「解放」の山内房吉、先駆座の佐藤誠也、東大社会文芸研究会の林房雄、その他小川未明、新居格、犬田卯、江馬修などが集まった。そして一二月六日、東京牛込矢来倶楽部で創立大会が出席者八〇余名、決議委任者を加えると一〇〇名を越える会がもたれた。この日本プロレタリア文芸連盟の設立によって文学のみならず演劇、美術、音楽等の芸術全般の成長を促すこととなった。また一九二六年二月に起こった共同印刷ストライキ応援にトランク劇場を編成し、活動街頭漫画市場を開催し、「無産者新聞」にも協力した。一九二六年一一月一四日の第二回大会を開き日本プロレタリア芸術連盟に改組された。

〔参考文献〕山田清三郎『プロレタリア文学史　下巻』（一九五四・理論社）

39・20 **労農芸術家連盟**

一九二七年六月一九日、日本プロレタリア芸術連盟（プロ芸）の分裂により結成された芸術運動組織。通称労芸、のち文戦派。青野季吉、蔵原惟人、藤森成吉、小牧近江、金子洋文、今野賢三、佐々木孝丸、前田河広一郎、葉山嘉樹、黒島傳治、里村欣三、山田清三郎などが所属。同人組織であった「文芸戦線」を機関誌として改めた。福本イズムとは、『無産階級運動の方向転換』を書いた山川均の山川イズムを批判した福本和夫の『山川氏の方向転換より始めざるべからず』から生じた主義主張である。山川イズムは、社会主義運動の先覚者や組合運動の前衛が、大衆から離れて活動するのではなく、転換して大衆の中に入り大衆を動かすことを目指すものであった。それに対して福本イズムは、政治運動へ力点を置いた方向転換であった。つまり、無産階級がただ漠然と政治的に結合するのではなく、その前に社会主義的政治意識を持った者が、思想的に「分離」し、彼らの思想が「結晶」するのを待ってその「結晶」したものを中心に政治的結合がなされるべきであると説いたものであった。これに同調したのが前記の人々であった。ところがこの福本イズムがあまりにも政治主義的な、観念主義的傾向に陥ってしまうのである。一九二七年一〇月、機関誌となった「文芸戦線」に蔵原惟人が「コミンテルンに於ける日本無産階級運動の批判」を載せて、山川、福本の両イズムを批判した。この蔵原論文後に山川均の寄稿を「文芸戦線」に掲載するか否かが大問題となる。山川論文が福本批判の文章のため、山川イズムの影響下に連盟を置くことを嫌った編集委員会が否掲載の立場を取ったことを非難した人々が現れ、政治的、思想的対立が表面化し、新たな分裂を招く結果となった。一一月、蔵原、藤森、佐々木、山田、林房雄、村山知義らは労農を脱退し、前衛芸術家同盟（前芸）を結成する。ここにプロレタリア文学はプロ芸、労芸、前芸の三派鼎立に至るのであった。さて労芸ではその後、「文芸戦線」に平林たい子「夜風」、黒島傳治「パルチザン・ウォルコフ」（一九二八・一〇）、岩藤雪夫「ガトフ・フセグダア」（一九二八・一二）、伊藤永之介「恐慌」（一九二九・一二）、里村欣三「兵乱」（一九三〇・一～四）等を発表するが、一九三〇年六月、岩藤の代作問題から平林たい子、長谷川進、今村恒夫が脱退し、さらに一一月には政治的な対立から黒島、今野大力、伊藤貞助、山内謙吾、宗十三郎が脱退する。黒島以下五人と先に脱退した長谷川、今村は、文戦打倒同盟を結成し機関誌「プロレタリア」を発行するが二号で終わり、全員がナップに移った。この折労芸の幹部前田河、里村、葉山、岩藤らが反幹部派の黒島を拉致し暴行を加え、黒島を助けに駆け付けた今野大力、長谷川進、今村恒夫らと乱闘事件を引き起こすのであった。このことに関しては一方の当事者であるが黒島の「反幹部派」（「国民新聞」一九三一・一・二一～二一・三）に詳しい。一九三一年五月にも細田民樹、細田源吉、間宮茂輔、小島勗らが脱退し労芸はますます衰弱し、一九三二年五月に組織は解体した。

［参考文献］山田清三郎『プロレタリア文学史　下巻』（一九五四・理論社）

39・43 **農民文学懇話会**

一九三七年一〇月、河出書房から刊行された知識人の生き方を追及した島木健作の『生活の探求』は、爆発的にヒットした。続編が翌年六月にやはり河出書房から刊行される。一九三七年一一月砂子屋書房から刊行された和田伝の『沃土』、一二月と翌年七月に「新潮」に発表された久保栄の「火山灰地」なども話題を呼び、当時の農相有馬頼寧がこれらへの関心を示したことから、一九三八年一〇月、丸山義二、楠本寛の推進で有馬を囲み、和田伝、島木健作、打木村治、鑓田研一、和田勝一、鍵山博史を加えた懇談会が持たれ、翌月七日丸の内中央亭で発会したのが農民文学懇話会である。この発会式の出席者の写真は、講談社版日本現代文学全集八九『伊藤永之介・本庄陸男・森山啓・橋本英吉集』に載せられている。顧問に有馬を据え、新居格、加藤武雄、賀川豊彦、吉江喬松、相馬御風、中村星湖、藤森成吉、結城哀草果、下村千秋、日高只一の一〇人が相談役となり、前出の人達のほかに犬田卯、伊藤永之介、橋本英吉、本庄陸男、徳永直、中本たか子、森山啓らが会員となった。神田一ツ橋教育会館に事務所を置き、会報発行のほか、『土の文学作品年鑑』（一九三九・教材社）などの作品年鑑編集や、有馬賞を制定した。有馬賞は新人の農民文学作品に与えられるもので、一九三八年第一回が丸山義二『田舎』、一九三九年第二回は菅野正男『土の戦ふ』、一九四〇年第三回は岩倉政治『村長日記』、一九四一年第四回は青木洪『耕す人々の群』、一九四二年第五回は沙和宋一『民謡ごよみ』がそれぞれ受賞している。会は、作家の農村や大陸への派遣も企て、戦争下の農民文学盛行に一役買ったものの、反面戦争協力、国策文学化といった面も持っている。一九四二年九月第四回総会を最後に、日本文学報国会に合流し、解散した。

［参考文献］佐賀郁朗『受難の昭和農民文学』（二〇〇三・日本経済評論社）

人間について　にんげんについて

対談集。【収録】『人間について』（平凡社、昭和五十八年）、『人間について』（中公文庫、昭和六十四年）収録。『司馬遼太郎対話選集4　日本人とは何か』（文藝春秋、平成十五年）、『司馬遼太郎対話選集7　人間について』（文春文庫、平成十八年）に一部収録。【梗概】山村雄一との対談集。山村雄一の父と司馬遼太郎の祖父が共に播州人であったが、山村も司馬も共に赤穂浪士「忠臣蔵」を好まぬことで初めて会った時から意気投合し、対談が成立した。山村雄一は、大正七年（一九一八）大阪生れで司馬よりも五歳年上。大阪帝国大学医学部卒業後は海軍軍医となり、戦後大阪大学理学部で生化学を専攻、国立刀根山病院に勤務。刀根山病院は大阪に於ける結核専門病院で、ここで結核菌を医学の面だけでなく、理学部的な方法を駆使して「ヒトの結核患者のものに似た空洞を100％近く確実に動物の肺につくろう」と試み、免疫学に大きく貢献した。その後、九州大学、大阪大学医学部教授、医学部長、学長となる。対談当時は大阪大学学長職の六十五歳であった。対談内容は、医学・科学的な内容を中心に、文学、宗教、民族、社会、都市、国家などへと広がりを見せている。またそれは、大きく五つつの章立てになっていて、「生と死のこと」「生きものとは」「宗教を考える」「国家と人間集団」「未来社会の哲学」がある。各章にはそれぞれに幾つかの小見出しが付けられているが、紙数の関係で省略する。本書の目次を参照されると、そこから興味深い内容を見いだすこともできよう。なお二人の対談の折には、当時の平凡社社長の下中邦彦が同席している。【評価】「生きものとは」という章の中に「結核と子規の世界」項目がある。司馬が、正岡子規が結核菌に侵されなかったら文学者として二流の人になっていたかもしれないという発言をし、山村が同意をするのであるが、これは「脱ＤＮＡ的な生き方」だというのである。結核になりやすいDNAを持つ人が、結核菌を吸い込む環境条件が揃った時に結核になってしまうことでＤＮＡに頼らず心で生きようとするということを言い表したものであるが、子規だけでなく、芸術の道に生きようとしていた人たちに多く見られるのではないかという指摘は、芸術と医学を結び付ける意味ではおもしろい考察であろう。鴨下信一は「これだけは読みたい厳選35作」(『文藝春秋』平成八年四月号)で、「エッセイと対談は小説以上に奥が深く、ぜひ読むべき」と訴え、「対談はこれ一冊となれば」、「『人間について』を推す」と述べている。

【参考文献】関川夏央「「合理の人」のもうひとつの側面」(『司馬遼太郎対話選集4　日本人とは何か』文藝春秋、平成十五年)、関川夏央「「関西人」という生きかた」(『司馬遼太郎対話選集7　人間について』文春文庫、平成十八年)、文藝春秋編「司馬遼太郎の世界」(文藝春秋、平成八年)

人間の集団について　にんげんのしゅうだんについて

随筆。【初出・収録】「サンケイ新聞」(昭和四十八年四月二十五日~七月十六日)連載。『人間の集団を考える』(産経新聞出版局、昭和四十八年)、『人間の集団についてベトナムから考える』(中公文庫、昭和四十九年)収録。【梗概】ベトナム和平協定調印がなされてすぐの昭和四十八年二月から約三か月ベトナムに滞在して取材した現地からの報告を中心として書かれたものである。『坂の上の雲』を書こうと取材していた頃、日露戦争時のロシアのバルチック艦隊がカムラン湾での最後の休養と補給に失敗し神経が磨り減るくだりを書くために、「カムラン湾に行きたかった」という作者は、ここがアメリカ軍の大補給基地になっていることを知る。アメリカ軍が補給を大切にするのに対し、旧日本軍のそれに関する意識があまりにも薄かったことを述べている。ところがベトナム戦争では敵味方ともに他国から無料で際限なく兵器が送られてくるので、戦争が機械運動のように行われていると言う。「戦争そのものについての感情的問題はともかく、兵器というこの普遍的思想による戦慄的習慣から離れがたくなってしまっている」ベトナム人気質について語られる。中国とそれを取り巻く影響を受けた三国、すなわちベトナム、韓国、日本の比較検討も見られるが、あくまでもそれはベトナム人民の民族気質が中心に語られている。それは例えば、「解放戦線というものの集団性が人間性に反しない範囲で重ければおもいほど、そしてその規律からの拘束性が強ければつよいほど、帰属心がやすらぎ」、命令に従い戦闘しているというのが解放戦線というベトナム人の人間の集団組織であると指摘している。ほかに戦争が終わらない理由、ベトナム人の団結力の弱さなどが述べられている。そういう意味においては副題の「ベトナムから考える」は、「ベトナムを考える」といった内容なのである。【評価】ベトナム和平協定調印は、昭和四十八年一月二十七日である。けれども、戦闘状態は続き、実質的に終結したのは五十年四月末のことであった。司馬遼太郎は、本書の最初の章で、「にわかにベトナムへ行きたくなった動機（衝動かもしれない）については、この稿のおりおりに触れてゆくかも知れない」と書き出しているが、直接的なベトナム行きのきっかけはこの和平協定調印にあることは間違いあるまい。もちろん、「あとがき」に「二十前後のころから、中国文明の周辺にいる国家群に関心をもっていた」ことが前提としてあることも否めないが、機敏な行動力に彼の本質を見いだすことができる。ベトナムという国、民族を考えることによって、日本を、世界を考えるものとなっている。

なお『司馬遼太郎の世界』の「司馬作品全ガイド」には、本作品を「国際関係と政治力学について、鋭敏な歴史観で展開し洞察する」作品であると記されている。また、『歴史文学読本』においての尾崎秀樹と菊地昌典の対談で、尾崎は「現代へコミットする一つの方法を手に入れたんじゃないか」と述べ、菊地は「現代について切り込むときの彼の力の弱さというか、粗さみたいなものを感じた」と述べている。

【参考文献】尾崎秀樹・菊地昌典『歴史文学読本　人間学としての歴史学』（平凡社、昭和五十五年）、文藝春秋編『司馬遼太郎の世界』（文春文庫、平成十一年）

覇王の家　はおうのいえ

長編小説。【初出・収録】『小説新潮』（昭和四十五年一月〜四十六年九月）。『覇王の家』（昭和四十八年十月、新潮社）、『覇王の家』上下（新潮文庫、平成十四年）収録。

【梗概】物語は、徳川家康誕生以前の三河の国の状況説明から始まり、三河人の気質についての分析が行われている。つまり、その性格は「質朴で、困苦に耐え、利害よりも情義を重んずる」というものので、それゆえこの性格が忠実に城を守り、戦場では退くことのないという三河武士に仕立て上げるのであった。三河の国は小国でどうしても守戦にまわることが多いのであるが、その少数での守りの強さは無類のものであった。徳川家はそういった家臣団に支えられて身代を大きくしていくのであるが、大きくなっても家康は、織田信長や豊臣秀吉のような派手好みにならず、あくまでも質朴を守り続けた。それは武田信玄に心酔していた風もあり、三河人気質が商人のにおいのする尾張人よりも同じ農民気質の甲州人への親近感によるものかもしれないと述べるのであった。そしてこれは徳川家康をしてアカデミックな信長ではなく信玄に習わせしめることに繋がり、家康が新しい物を取り入れるタイプの為政者ではなく、進歩と独創を嫌ったいたって保守的な人物として描かれるのであった。そうして天下人になっていく徳川家康を中心に据えた物語が本書であるが、けっして家康個人の一代記ではなく、家康が自身の死んだ後の徳川家の存続の在り方にも言及しているところに、本書の題名の所以が込められている。またそこに三河人気質が反映されているのであった。【評価】本書最初の章の「三河かたぎ」で示されている、三河岡崎衆という小集団の性格が、徳川家の性格として残り、その徳川家の性格によって日本がおよそ三〇〇年間支配されたために、「日本人そのものの後天的性格にさまざまな影響をのこすはめになった」という物言いには明らかに批判的な意味合いが込められている。つまり家康をしてその生い立ちが律義、正直、小心といった性格にさせ、それゆえまた逆に徳川政権を安定させるためにも、人々をおとなしく従順で小心者に作り上げたということなのである。谷沢永一は『司馬遼太郎全集第三十四巻』（文藝春秋、昭和五十八年）の「解説」で、司馬遼太郎は自身の「好みに合わぬはずの」徳川家康の性格に視点を当てて、家康個人ではなく「徳川期という時代の外枠を見なおすための、その根っこの部分を掘りさげる枢要な試み」と述べている。また、松村良は「司馬遼太郎文学ガイド」（『国文学解釈と鑑賞別冊　司馬遼太郎の世界』至文堂、平成十四年）の「覇王の家」の項で、織田信長が武田勝頼を滅ぼしての帰路に大井川を渡る際、家康が家来数千人を使って川の上手に人垣をつくり水勢をやわらげて信長を感動させた場面に、「家康の才覚が遺憾なく発揮されている」と記している。

【参考文献】北影雄幸『決定版司馬史観がわかる本　源平・戦国史観編』（白亜書房、平成十七年）

燃えよ剣　もえよけん

長編小説。【初出・収録】『週刊文春』（昭和三十七年十一月十九日号〜三十九年三月九日号）。『燃えよ剣』上下（文藝春秋社、昭和三十九年）、『燃えよ剣』上下（新潮文庫、昭和四十七年）収録。【梗概】幕末の動乱期に、新選組副長として壮絶な生き方をした土方歳三の青年期から死までを描いた物語である。「石田村のバラガキ」と蔭口で呼ばれるほど乱暴者の土方歳三は、将軍家身辺警護の武道名誉の浪士徴募に、同郷のそして天然理心流道場の仲間近藤勇、沖田総司らと応じ、京に上ることとなった。京に着いたものの予て尊皇攘夷の先駆けを目指していた清河八郎一派が、生麦事件後のイギリスとの外交問題がこじれ戦いになった場合の先兵になるために江戸へ引き返すこととなるのだが、土方らは京に残り、芹沢鴨一派と結び、「京都守護職会津中将様御預浪士」として新選組を組織するに至るのであった。土方は、「新選組をして、天下最強の組織にすることだけが、自分の思想を天下に表現する唯一の道だと信じている」ので、それを邪魔立てするものは新選組隊士であっても許さない。局長芹沢鴨をはじめその一派もその対象となり処罰していく。そして池田屋事件である。これによって新選組の名声は大いに上がる。局長近藤勇は政治、思想に走るが、土方は「新選組に、思想は毒だ」という信条を持ち、「新選組を天下第一の喧嘩屋に育てたい」と頑なに考え実践していくのであった。

しかしながら時勢は幕府から薩長連合へと移っていく。王政復古の大号令後、鳥羽伏見の戦いで敗れ、関東へと逃げ帰る。近藤は流山で掴まり板橋で斬首され、沖田総司は病死するが、土方は戦い続け函館五稜郭の戦いで最期を遂げるのであった。【評価】『燃えよ剣』とほぼ同時期に書かれた『新選組血風録』がある。この両者の作品名を副題に据えた「殺人集団の組織と群像」で、その著者北山章之助は、「幕末維新を敗者の側から、より立体的に描こうと思ったに違いありません」と述べ、両者の関係を司馬遷の『史記』の「本紀」と「列伝」の関係に類していると言っている。『史記』については北山よりも早く陳舜臣が文庫版「解説」で、司馬遼太郎は自分のペンネームの由来である『史記』列伝を「意識したにちがいない」と示しているが、加えてまた同時期の『竜馬が行く』を含めて、「幕末という動乱の時代を観察し、考え直した」との見解を示している。また陳、北山共に指摘しているように、新選組が機能的集団であることに注目すべきであろう。この機能的集団を組織した人物こそが土方歳三であるがゆえに、そして彼が「隊の機能上、助勤、監察、という隊の士官を直接にぎっているのは、局長ではなく副長職」であるのを認識していて副長職に在って実質的に新選組を動かしていたところに、また戦闘組織の先見性を見いだしたことの興味、すなわち「敵を倒すことよりも、味方の機能を精妙に、尖鋭なものにしていく、ということに考えが集中していく」というそれまでにはない新しい組織感覚が、司馬遼太郎をして土方歳三を主人公に据えた小説を作らしめたといえよう。

【参考文献】北山章之助『手掘り司馬遼太郎 その作品世界と視角』（ＮＨＫ出版、平成十五年）

司馬文学と明治維新　しばぶんがくとめいじいしん

「維新と人間像——萩原延壽氏との対談」で司馬遼太郎は、「幕末の時代を取材した小説を書こうとは、ほんとうに思ったことがない」と述べ、「小説にならんと思っていた」とか「気分的にもあの時代は好きではなかった」と続けている。けれども幕末・明治維新がイデオロギーや思想によって動かされているのではなく、「それぞれの固有の個人がもっているパッショネイトかなにかがあって、それが動かしているんだと感じた」時点で、彼に変化が起こり、幕末・明治維新を背景にした小説が生まれることとなった。坂本竜馬を主人公にした『竜馬がゆく』や『慶応長崎事件』、新選組や新選組副長土方歳三を描いた『新選組血風録』『燃えよ剣』、『最後の将軍——徳川慶喜——』、幕末の長岡藩で一介の武士から筆頭家老となり官軍と戦った河井継之助を描いた『峠』ならびに『英雄児』、明治初頭に征韓論を唱えた江藤新平をモデルにした『歳月』、同じく征韓論で下野し西南戦争で死んでいく西郷隆盛を扱った『翔ぶが如く』、村医者から長州藩の軍務大臣になり官軍総司令官になり明治維新後に非業の死を遂げた大村益次郎の生涯を描いた『花神』と『鬼謀の人』などがそれである。こうして社会全体の流れを見るというよりは、幕末から維新にかけて生きた人物個人に視点を当てていくのである。そこには佐幕側の人物もあり、倒幕側の人物もある。また尊皇攘夷の視点にも、倒幕の上の尊皇や徳川政権を維持した上での天皇尊重、それに伴う攘夷の立場によっていろいろあると言っている。ところで、司馬遼太郎は「明治維新は、国民国家を成立させて日本を植民地化の危険からすくいだすというただ一つの目的のために、一挙に封建社会を否定した革命だった」(『明治の平等主義』)と発言している。また「尊皇攘夷運動から出発した明治維新の目的はあくまでも外敵から日本地域をまもるためのみのもので、それ以外の、たとえば人民の人権を確立したり、しようとするような社会革命を目的としたものなどではなかった」(『翔ぶが如く』)とも断じている。さてその明治維新に対して「すでに桜田門外ノ変からはじまった」とし、「この変事がなければ、維新は何年もおくれたか、もしくはまったく別のかたちにのものになっていたかもしれない」(『竜馬がゆく』)という見識を示している。こういったものは例えば『燃えよ剣』にも池田屋事件を指して「普通、この変で当時の実力派の志士の多数が斬殺、捕殺されたために、明治維新がすくなくとも一年は遅れた、といわれるが、おそらく逆で」あって、「むしろ明治維新が早くきたとみるほうが正しい。あるいはこの変がなければ、永久に薩長主導によるあの明治維新は来なかったかもしれない」との見解にも通じるものである。

【参考文献】志村有弘編『国文学解釈と鑑賞別冊　司馬遼太郎の世界』(至文堂、平成十四年)、北影雄幸『決定版司馬史観がわかる本――幕末史観編――』『決定版司馬史観がわかる本―明治史観編――』(白亜書房、平成十七年)、石原靖久『司馬遼太郎で読む日本通史』(PHP研究所、平成十八年)

鼬の道　いたちのみち

短編小説。【初出・収録】『波』（昭和六十年一月〜三月）。『本所しぐれ町物語』（新潮社、昭和六十二年）収録。【梗概】『本所しぐれ町物語』全十二章の内の最初の章である。物語は自身番の書役の万平と大家の清兵衛との世間話から始まる。その自身番の前を旅疲れをした四十近い男が通った。今年五十八歳になる万平は、その男を三丁目で呉服商を細々と営んでいる菊田屋の新蔵の弟半次だと言う。清兵衛は、十五、六年前に江戸から失踪して上方に行った半次を覚えている万平の記憶力の良さに敬服するのであった。半次は新蔵の家に戻ってきた。新蔵は半次のうらぶれはてた姿に驚く。半次は、上方にも居られなくなったようで、江戸に舞い戻って来たのであった。新蔵は半次をしぐれ町一丁目の角にある「福助」という茶漬け屋に連れて行く。子供の頃よく父親に連れられて来たその店には、新蔵より三つ年上の、かつて淡い恋心を抱いたおりきがいる。そこで新蔵は半次の身の上話とこれからの事を聞こうとするのであった。この時半次は昔付き合っていたおせいの消息を尋ねるのであった。さて、半次の居場所は江戸にもなかった。彼が数人の男達に追われ逃げ回っている場面に、新蔵は遭遇する。新蔵は、半次を追う男達のうちの一人から、半次が「命をとられても文句を言えねえような不義理」によって、「二度とおれたちの前に姿を見せねえ約束で上方に行った」ことを知らされる。そして半次は、再び上方へと戻っていくのだがその際、半次はおせいから二両を騙し取る。新蔵は半次を「何というたちの悪い男だ」と思う。そして半次が去った後新蔵は、気抜けと同時に「厄介ばらいという言葉がうかんで来た」のであった。さらに「鼬の道切りという言葉」も浮かんで来た。「鼬は同じ道を二度は通らぬ獣である。それで行ったきりでつき合いが絶えることを鼬の道と行ったりするのだと聞いた記憶」である。新蔵は「半次が、突然現われて前を横切った大きな軸のような気がしたのであった。【評価】新蔵のおりきに対するかつての淡い恋も織り込まれているが、彼女の不幸な結婚生活や、半次とおせいのかつての関係、そして十五、六年経ってもその関係に引き摺られる女の姿に哀感が漂っている。また、物語早々の「年取れば、誰だって身体が弱って来ます。いちいち気にしない方がいいですよ、加賀屋さん」という清兵衛の発言にすでに含みがあるように思われるが、末尾の半次と別れた後の新蔵の「おれにはおれの、守らなければならない手一杯の暮らしがある。そういつまでも弟の面倒ばかりみているわけにもいかないのさと思ったが、気持ちが滅入るばかりだった」に、生きることの辛さ、苦しさが示されている。登場する人それぞれが、それなりに精一杯生きようとしている姿が注目に値する。なお、初出誌『波』の昭和六十年一月号の「編集室だより」に、「藤沢周平氏の新連載小説が静かに、そして温もるような感じで始まった」とある。

【参考文献】須田久美「『本所しぐれ町物語』愛と性を考えさせる物語」(『国文学解釈と鑑賞』平成十九年二月)

一夢の敗北　いちむのはいぼく

短編小説。【初出・収録】『小説新潮』(昭和五二年十月)。『夜の橋』(中央公論社、昭和五十六年)収録。

【梗概】吉田次左衛門一夢は、米沢藩で一刀流の達人として知られていた。米沢藩は、関ヶ原の戦い後に一二〇万石から三十万石に削られたものの、譜代家臣を削減することなく会津から米沢へと移って来た。その後十五万石になり、藩は窮乏を迎えた。次左衛門一夢は自身の生活が苦しい中、同じように苦しい生活で道場にも通えず剣の稽古ができない武士たちに、出張稽古をつけにいっていた。そうした中、かつて耳にした米沢城下の近郷で大男が道行く人から強引に金をねだり、逆らった者は投げられ怪我をさせられるという噂の人物に呼び止められた。一夢はこの大男を一太刀斬った。男はそのまま立っていたが、刀の柄先で男の胸を突いたなら、「どっと血がほとばしると同時に、男の身体はぱくりと二つに裂け、橋の上に崩れ落ちた」のであった。こうした腕前を自慢する一夢が、若い藩主上杉治憲（後の鷹山）が、藩政改革のために江戸から招いた細井平洲を、家中の意見から邪魔者のように感じ、彼を斬殺しようと出向くのであるが、平洲の何とも言えない静かな眼力に押され、激しくうろたえるのであった。平洲のその眼は、「いささかも動じない平常心があらわれていて、一瞬にして一夢から殺気を奪」うほどで、細井平洲という人物の大きさを物語る「達人」の眼なのであった。

【評価】上杉鷹山の治世を描いた『漆の実のみのる国』などに繋がる米沢藩を舞台にした小説で、実在した米沢藩の一刀流の達人吉田次左衛門一夢を主人公にした、史実に基づいた小説である。藤沢周平は『夜の橋』の「あとがき」に、「「一夢の敗北」のように、むかしの資料に材を仰いで小説に仕立てることもないわけではないが、私の場合、この種の短編は数が少なく、おそらく全体の一割にも満たないのではなかろうか」と記している。しかしこれを尾崎秀樹は、中公文庫版『夜の橋』（昭和五十九年）の「解説」で、「それも彼のこころみのひとつであり、その才能のひろがりを理解させる」

と述べている。ところで、一夢が敗北した相手細井平洲は、明和元年、上杉治憲の十四歳の時に彼の教育係となっている。同四年十七歳の時に家督を継いだ治憲は、同八年に米沢藩の藩政改革のために江戸から細井平洲を呼んでいる。彼は、後に尾張藩主徳川宗睦の侍講となり、尾張藩校の初代督学になった儒学者で、幕末の吉田松陰や西郷隆盛にも影響を与えた人物である。その細井平洲を藩のためにはならない人物として斬りにいった剣豪次左衛門一夢が、細井と対面した時に彼の迫力に押され逃げ帰ってしまうところに、「一夢の敗北」という題名の由来があるが、そこにはむしろ細井平洲の人間的な凄さの強調と見てとった方が良いであろう。

空蝉の女　うつせみのおんな

短編小説。【初出・収録】『読切劇場』（昭和三十八年十一月）。『藤沢周平未刊行初期短篇』（文藝春秋、平成十八年）収録。【梗概】場面は、寛政六年（一七九四）の江戸である。十八歳の時に大工の辰五郎と結婚したお幸は、もう四十歳になっていた。その間二人の子供を産んだのだが、初めの子は病死し、二人目の子は八歳の時に事故死してしまった。そして辰五郎は、漸く人の上に立てるようになった今、十七、八歳くらいの、自分の娘のように若いお里を愛人として囲うようになった。その生活振りを見ている、三年前から辰五郎、お幸夫婦の家に住込みで辰五郎の仕事を手伝っている信次は、「胴は、優しくくびれ、腰はまだ女の花を残して豊かに張っている」お幸を見て憐れみを覚えるのであった。そもそも馬道の棟梁のところから、辰五郎の家に住み替わった三年前、信次は辰五郎よりも温かい人柄と色香を持ったお幸に恋心を持ったのであった。そしてお幸に同情するに至ったのであった。

ある日、信次は、今普請を手掛けている倉地屋の娘お美輪が、彼女の従兄伊三郎に襲われている場に出くわす。伊三郎からお美輪を守ったものの信次は、手傷を負い血だらけになって家に戻る。その信次を見たお幸は、顔色を変えたものの甲斐甲斐しく手当てをするのであるが、お幸に同情心と恋心を持つ信次は、お幸の青白い胸の谷間を眼にし、「その谷間の両側の、まだ形の崩れていない、ももいろの丘の盛り上り。きめ細かな肌」に欲望が湧き、情事に発展する。その後も二人の関係は続けられた。しかし二十五、六歳くらいでまだ若い信次は、次第にお幸との関係が負担になっていた。そんな折、信次は倉地屋の工事場で伊三郎の仕返しにあって瀕死の重傷を負う。信次が気が付いたら、彼の目の前にはお美輪がいた。その時信次はお美輪に対して欲望を抱き結ばれる。お幸は信次に捨てられた。お幸は自宅の庭で蝉の抜け殻を見つけ、子供もいない、夫はいても他人より冷たい、ひとときときめいた信次も自分から去ってしまったことを考え、自分も蝉の抜け殻と同じだと思うのであった。それはまさに空蝉の女なのであった。

【評価】「藤沢周平未刊行初期短篇」の「解説　四十年の眠りから醒めて」で、阿部達二は、物語の冒頭の一段落を挙げて、「こんな華やかな情景をおきながら、なぜか読者の心を浮き立たせない。それどころかむしろ不安定にする。それはお幸が亭主の浮気に心を悩ましているからだとじきに知れる。藤沢の情景描写はいつも、人の哀感をとりこんでいた」と述べている。確かに「秋色の濃い空に心を奪われて佇んでしまった」お幸に、「濃い藍色の秋空」と雨の後の「鮮やかな虹」が眼に映るという情景描写は秀逸である。けれども、それだけでなく物語の締めの蝉の抜け殻を見つける場面と連関しつつ、「夕餉の支度をする積りで台所に立った」で始まり、「参吉のために、食事の支度をしなければならなかった」お幸の哀感を引き出すに十分な働きを示すものである。また、前述のお幸の肉体を描写した箇所や、「寝た姿のままで、お美輪の胸を探った。形よくふくらむ、柔かい乳房があった。それが大きく弾んだのは、お美輪が呼吸を乱したからだ」など官能的な表現に特徴がある。

宝生犀星事典

ワシリイの死と二十人の少女達（わしりいのしとにじゅうにんのしょうじょたち）

【初出】昭30・9「文芸」【収録】「少女の野面」（昭31・1、鱒書房）

【内容】「私」の家に男が訪ねてきた。その男は「哈（ハ）爾（ル）浜（ビン）にゐたワシリイ・セルストビートフさんからの言伝を頼まれて来た」と言う。すでに八年前にワシリイは亡くなっているが、男は、終戦後にすぐには帰国できなかったため、また帰国後の困窮と飢餓の生活のため訪問できなかったが、偶然「私」の「松花江の彼方」（「東京新聞」昭30・2・14夕）を眼にし、ワシリイが死ぬまで気にしていた言伝をこの機会に報せないとすまないという気持ちから訪問に至ったと話すのであった。「私」は、昭和十二年四月に哈爾浜へ行った時、当地の小学校でロシア語の講師をしていた旧知のワシリイが訪ねて来て、彼の家でご馳走してくれたことや彼の勤め先の小学校へ行ったことなどを思い起こす。彼の教え子に二十人の女子生徒がいたことを思い出し、終戦時に二十二、三歳くらいの年になっている彼女らが、混乱の中うまく切り抜け、生きていることを祈念するのであった。この作品の主題は、本文終り近くの「終戦後、私はワシリイさんを思ひ、哈爾浜を思ひ、哈爾浜の街々を思ひ、さらに日本の女の三分の一に当る数の人が、中国人や満人の妻となり妾となり、下使ひとなり虐待されてゐることを思ひ、つねに心はくらかつた。」に集約されているといえよう。生きて大陸を脱出して帰還した男の生活も、厳しいものがあり幾分の同情を引くものではある。だがそれよりもトルストイ似の白系ロシア人、「戦争と平和」を想起させる顔付きの、ワシリイ・セルストビートフの一生や、彼の教え子が帰国できずに哈爾浜に残されてしまう、「三分の一」の側に入っていないことを祈る「私」の姿から、逆に少女たちが戦争の犠牲者となってしまっているであろうことの危惧、無念、悲哀などが強く伝わってくる作品となっている。

考へる鬼（かんがえるおに）

【初出】昭33・8「新潮」【収録】『生きるための橋』（昭34・5、実業之日本社）

【内容】小さな島にたくさんの強い鬼が棲んでいて、青鬼退治に出かけては何時も大勝利した。彼等は皆、島を護るためには命知らずだった。戦いは男女団結してやるんだと新聞は書き、大臣もそう演説し、誰一人としてそれを疑わなかった。そんな島で戦争が始まった。終りに近付き荒れ果てている世の中を「いくさなんていや、いくさなんていや。」と言っている姉妹が、非業の死を遂げる。十何年か後、考える一匹の鬼が出現し、戦争中に発行された雑誌の「月ノヒカリモ粗末ニシスマイ」という標語を見、「身ブルヒがし、腹が立つて表に出て」吸鳴りたくなる。時は再び経つ。「青髭の国では大砲を空に引き摺り上げて見せ、にんにく色の光が起つた。」考える鬼は死んだ姉妹を思い密かに拝み、「姉妹は余りにもふしあはせの死であつた」と言いつつも、世上は擾乱しいやな事ばかりと言う。姉妹の非業の死は何の教訓にもならないが、「その偶然が作つたあはれといふものが、大きないくさのかげに咲いてゐて一旦これを耳にいれると、生涯わすれることの出来ないほど参ってしまふのです。どんな複雑なあはれに較べて見ても、これ以上のあはれは何処にもない」と言うのであった。背景として日清戦争・日露戦争・第一次世界大戦や日中戦争に始まる十五年戦争が意識されている。何の躊躇もなく戦争へと駆り立てられてしまったことに対する皮肉と、戦争とは関係ないところでの非業の死が描出されるが、実はそれも戦争の犠牲者である。青髭の国での「にんにく色の光」を放つという核実験は、戦争から学び取った教訓などなく反省もなく世の中は動いていて、住みやすい世界は来ないという悲観的な状況提出であった。戦争は良くない。けれどもその戦争のかげで非業の死を迎えざるを得なかった個人に視点を当てたところに、犀星の「あはれ」に対する美学が見られよう。なお『生きるための橋』巻末に「解説」が付されている。

【参考文献】須田久美「考へる鬼」（「室生犀星研究」25、平14・10）

芥川賞（あくたがわしょう）

昭和十年一月の「文芸春秋」において、菊池寛は「芥川・直木賞宣言」を発表する。「芥川龍之介賞規定」には、「芥川龍之介賞は個人賞にして広く各新聞雑誌（同人雑誌を含む）に発表されたる無名若しくは新進作家の創作中最も優秀なるものに呈す。」とある。直木賞の「新進作家の大衆文芸中」との相違である。また、「芥川龍之介賞受賞者の審査は「芥川賞委員」之を行ふ。委員は個人と交誼あり且つ本社と関係深き左の人々を以て組織す。」とあり、犀星の名前が、菊池寛・久米正雄・山本有三・佐藤春夫・谷崎潤一郎・小島政二郎・佐佐木茂索・瀧井孝作・横光利一・川端康成らとともにある。年二回の審査。第一回受賞作は昭和十年上半期に発表された作品が対象となり、八月十日石川達三の『蒼氓』に決定。十二年下半期の第六回から宇野浩二が加わり、十七年下半期の第十六回までこの十二名が選考委員であった。犀星の選考委員もここで終えた。

菊池寛賞（きくちかんしょう）

昭和十三年、菊池寛の提唱により創設。日本文学振興会が主催。先輩作家に敬意を表し顕彰するための賞として制定。四十五歳以下の作家、評論家が選考委員となり、四十六歳以上の作家に贈られた。選考結果は「文芸春秋」に発表。第一回受賞者は徳田秋声であった。十四年第二回受賞者は武者小路実篤・里見弴・宇野浩二。犀星は田中貢太郎とともに十五年の第三回に受賞している。このときの選考委員は、横光利一・尾崎士郎・小林秀雄・堀辰雄・中島健蔵・深田久弥・舟橋聖一・富沢有為男・永井龍男・斉藤龍太郎の十人であった。このときのことについて尾崎は犀星に決定したことに「異論のある人はあるまい」（「第三回菊池賞について」）と記している。第六回まで続けられ、二十七年、故人となった菊池寛を記念して復活。賞の対象も文化一般に広げられて授賞が行われるようになる。なお犀星に「菊池賞を受く」がある。

犀星俳文学賞（さいせいはいぶんがくしょう）

石川県俳文学協会主催。石川県俳文学協会は、昭和十六年創立の石川県俳句報告会を前身として、昭和二十年十一月に石川県俳文学協会と改称して現在に至っている。その目的は会員相互の親睦と俳句文学の向上を図り石川県内俳壇の発展と石川県の文化水準の高揚に貢献することである。犀星俳文学賞は、同協会によって石川県俳壇に於ける新人の発掘と顕彰を目的としていて、石川県出身で俳句も詠んでいた犀星を記念して犀星の名を冠して設けられた賞である。応募規定でその資格は、県内在住で石川県俳文学協会会員の未発表句に限られている。連絡先を北国新聞社事業局内に置き、九月下旬「北国新聞」に入賞が発表される。昭和四十年に第一回受賞者が発表され、以後中断なく現在まで続いている。

野間文芸賞（のまぶんげいしょう）

昭和十六年、講談社初代社長野間清治の遺志により、広く公共事業を行い日本文化向上につくすために野間奉公会が設立され、「野間賞」と「野間奨励賞」が、さらにそれぞれに「文芸賞」「美術賞」「学術賞」と「文芸奨励賞」「挿画奨励賞」「美術奨励賞」が設立された。「野間文芸賞」の第一回受賞者は真山青果、第三回は幸田露伴、第五回は小川未明で、二回と四回は該当者なしであった。ここまでは個人の作家に業績に応じて贈られたが、その後中断し昭和二十八年に復活した第六回からは、丹羽文雄『蛇と鳩』が受賞したように、作品を対象として贈られるようになった。犀星は第十二回の昭和三十四年『かげろふの日記遺文』で受賞した。なお犀星は、授賞式式場で賞金百万円を軽井沢に文学碑建立、室生とみ子遺稿発句集出版、新人の詩人を対象とした室生犀星詩人賞設定のために使うことを公表した。

文芸墾話会賞（ぶんげいこんわかいしょう）

文芸懇話会が官民合同の文学団体として、昭和九年一月斎藤内閣の警保局長松本学らと直木三十五・菊池寛・吉川英治らによって成立し、非国家的文士を除くと言う条件で呼び掛けが行われ、犀星もその一人として加わった。その文芸懇話会によって昭和十年に創設され、新聞・雑誌・単行本に発表された創作・翻訳・文芸評論の中から選考され、贈られたのがこの賞である。第一回は、横光利一『紋章』と犀星の『兄いもうと』が受賞した。これは審査委員の投票カードによる第二位の島木健作が、松本の「国体の変革する思想を持つたものを推奨する事は出来ない」という意見に押された結果、三位の犀星が繰り上がったものである。第二回は徳田秋声『勲章』と関根秀雄『モンテーニュ随想録』、第三回は川端康成『雪国』と尾崎士郎『人生劇場』が受賞した。十二年七月文芸懇話会が帝国芸術院創設を機に解散したのに伴い、授賞も三回で終わった。

室生犀星学会（むろうさいせいがっかい）

昭和五十三年設立の「室生犀星を語る会」を前身として、昭和五十九年九月八日、東京大学構内の学士会分館二階ホールで出席者七十一名の中、設立総会がもたれ発足した。会長に大野茂男、代表理事に葉山修平が選出された。また当日は阿部正路の「犀星文学の風土」と葉山修平の「犀星との出会い」の記念講演が行われた。学会発足にあたってその会則には、「室生犀星およびその周辺の研究者・愛好者相互の連絡をはかり、その調査研究と振興を資することを目的」とし、その目的のための事業として「機関紙（「室生犀星研究」「会報」等）の発行」や「研究会・講演会の開催」などを挙げている。設立の精神は守られていて、大会は年二回、六月に金沢で、十月末から十一月にかけては東京を中心とした地域で開催されている。また定例研究会も安定してほぼ隔月に、東京及び金沢でそれぞれ開かれており、活発な論議が交わされている。頻繁に行われる定例研究会や大会は、犀星作品の数の多さや犀星文学の幅の広さを示すものであるだけではなく、研究者や愛好家の興味が尽きないことの表出でもある。そしてそれはその定例研究会・大会の報告者だけでなく参加者にもまた地道な研鑽を積ませ、その成果は主に機関誌「室生犀星研究」へと活かされることとなる。さてその機関誌「室生犀星研究」の第一輯は、昭和六十年二月に発行されている。その後、平成十九年七月現在まで二十九輯が発行されている。第一輯は研究論文七本と、〈犀利な眼〉で〈犀星をどう見るか〉〈犀星の眼を通してどう見るか〉という意味合いを持つ「犀星文学の研究状況を紹介する〈犀の眼〉」が二本、〈犀星を求めて集う広場〉〈犀星のような魂をもった人の集まる広場〉という意味を持つ〈星の広場〉の十本のほか、「犀星の会・室生犀星を語る会記録」「室生犀星学会報告・学会会則」が付されている。研究会誌、学会誌として他誌との大きな違いは、〈星の広場〉を設けて多くの会員の感想随想を取り上げているところにある。であるから第二輯以後も執筆者は豊富で、研究論文の充実していて有意なものであるのはもちろん、〈星の広場〉〈犀の眼〉掲載文の、犀星の人もしくは犀星作品を視野に入れた人間性溢れる文章が、読み物としての面白みを感じさせ、関心を寄せさせるものとなっている。こうした文章の中にヒントを得て、新たな視点で犀星研究に向き合うこともある。お互いが刺激し合うことによって犀星文学研究を進めていくことは、室生犀星学会設立目的に沿ったものである。さらに室生犀星学会編としては、会員を中心に会員以外の犀星ならびに犀星周辺を調査している研究者にも執筆依頼して作り上げた「論集　室生犀星の世界（上・下）」（平12・9、龍書房）がある。また今までの「室生犀星研究」に掲載された論稿に書き下ろしを追加した葉山修平編『我が愛する詩人の伝記にみる室生犀星』（平12・9、龍書房）や、やはりそれ以前の「室生犀星研究」の〈犀の眼〉〈星の広場〉に掲載された文を中心にして、大森盛和と葉山修平によって編まれた『室生犀星寸描』（平12・9、龍書房）なども刊行され、犀星文学研究に新たな光を当てた。なお初代会長の大野茂男に基金を仰いで、会員の研究・創作活動を励まし、加えて犀星の人と文学を顕彰するという目的で、平成六年八月に室生犀星顕彰大野茂男賞が設立され、翌年五月第一回受賞者が発表された。これにより学会はよりいっそう活性化し、研鑽を重ねた会員個人による犀星に関する論文集や、創作に励む会員の著書刊行も続いている。会員の創作活動をさらに広めるため、世間に知らしめるために、会員による創作を中心とした雑誌「星の広場」が、平成十七年十月に創刊された。現在の会長は葉山修平、代表理事は船登芳雄である。

室生犀星顕彰大野茂男賞（むろうさいせいけんしょうおおのしげおしょう）

平成六年八月、室生犀星学会会員を対象として、室生犀星の人と文学を顕彰する目的で、「研究・評論部門」と「創作（小説、詩、俳句）部門」が設立された。昭和五十九年の室生犀星学会の創立時からの会長である千葉大学名誉教授の大野茂男から基金を仰いでの設立のため、大野の名も冠された。事務局は菁柿堂内に置かれた。これは菁柿堂主人高橋正嗣が、冬樹社編集長時代に『室生犀星全詩集』、『完本　蒼白き巣窟』などを企画出版した人物で、室生犀星を語る会発足の世話人でもあった関係による。第一回は平成七年五月、「研究・評論部門」に葉山修平『小説の方法』、「創作部門」に藤蔭道子『小説和泉式部抄』が受賞。受賞者発表および「銓衡経過」は室生犀星学会の会誌『室生犀星研究』に載せられる。八年の第二回は前者が笠森勇『犀星のいる風景』、後者が小川原健太短篇小説集『雪の中の遠い風景』が受賞した。以下、九年第三回は大森盛和『小説の位相』と梶杏子短篇集『雪の降る町で』、大野杏子詩集『時は走る』、十年第四回は船登芳雄『評伝室生犀星』と石井冴子氏の長篇『冬の花ぐしー級友、寺山修司に』、十一年第五回は三木サニアの「犀星詩における〈みどり〉のイメージ」ほかと宇井要子の短篇小説集『好日』、十二年第六回は該当なしと稲垣輝美『芝居小屋の立つ村』、十三年第七回から事務局が龍書房内に移動。受賞は、大橋毅彦『室生犀星への/からの地平』と福島遊の短篇小説集『春の風』、十四年第八回は庄司肇『室生犀星』と吉田輝雄『花車千住宿牛田耕地』、十五年第九回は該当なしと青木紀久子『真紀子』、中西キヨ子『夕空晴れて』、十六年第十回は竹内清己『日本近代文学伝統論―民族/芸能/無頼―』と泉紀子『りり子の場合』、吉田慈平『遠い声遠い空』と続く。

室生犀星詩人（むろうさいせいしじんしょう）

昭和三十四年、第十二回野間文芸賞を受賞した犀星は、その年十二月十七日の授賞式に出席した際、賞金百万円の使い方を公表した。その使い方の一つが、室生犀星詩人賞の設定であった。翌三十五年の第一回受賞は滝口雅子『青い馬』『鋼鉄の足』で、三十六年の第二回受賞は富岡多恵子『物語の明くる日』と辻井喬『異邦人』である。ともに犀星自身が審査にあたっている。三十七年三月に犀星が亡くなったのでこの年は取り止めたが、犀星の名を記念して三十八年に再開、第三回受賞は会田千衣子『鳥の町』、磯村英樹『したたる太陽』、第四回は薩摩忠『海の誘惑』、吉原幸子『幼年連祷』、第五回は那珂太郎『音楽』、寺門仁『遊女』、新川和江『ローマの秋・その他』、第六回は加藤郁乎『形而上学』、松田幸雄『詩集一九四五－一九六五』、四十二年の第七回は関口篤『梨花をうつ』、河合紗良『愛と別れ』、高田敏子『藤』で、この年を最後に中止となった。

室生犀星を語る会（むろうさいせいをかたるかい）

室生犀星学会の前身。昭和五十三年三月十八日、日本近代文学館二階ホールに於いて、高橋正嗣・葉山修平を世話人として第一回の会が開催された。奥野健男の講演のほか、樫村治子の犀星詩の朗読、室生朝子と室生犀星詩人賞受賞者の滝口雅子や磯村英樹・水芦光子・伊藤人譽などの挨拶があった。第二回は五十四年三月二十四日、室生犀星を語る会発足を契機に活動し始めた木戸逸郎らを中心とした犀星の会発足に至った、第一回「犀星忌の集い」に参加という形で開催、第三回は五十五年六月七日、金沢の茶房「犀せい」で、葉山修平の「『小説室生犀星』を書き終えて」の報告があった。第四回は翌五十六年二月七日に日本近代文学館で秋山清「室生犀星の詩について」、竹内清己「室生犀星にみる愛の宗教―『かげろふ日記遺文』を中心に」と藤蔭道子・稲川桃代の犀星詩朗読、第五回は四月十八日同館で安宅啓子「犀星の詩と現代詩」、葉山修平「犀星と朔太郎とその風土」と中津攸子の犀星詩朗読、第六回は七月四日同館で笠原三津子「晩年の犀星と私の詩」、岡庭昇「犀星における自我の問題」、葉山修平「俳句にみる犀星の美意識」と稲川桃代・藤蔭道子の犀星詩朗読、第七回は十月十七日に東京池袋の豊島振興会館で太田浩「抒情小曲集をめぐって」、安宅夏夫「室生犀星と萩原朔太郎」と藤蔭道子の犀星詩の朗読、第八回は翌年三月十三日に東京大学構内の学士会分館で萩原葉子と葉山修平の対談「犀星について」、安宅夏夫「犀星と朔太郎」が行われた。この間あまり期日をおかず続けられていたが、第八回をもって会は終結し、昭和五十九年九月八日の室生犀星学会設立総会へと発展的に解消することとなる。
【参考文献】「室生犀星研究」1(昭60・2)

横光利一賞(よこみつりいちしょう)

横光利一没後の昭和二十三年に、彼の業績と名を記念して制定された賞である。横光の死は前年十二月三十日で、胃の調子が悪かったので犀星自身は一月三日の葬儀には行かず、二男朝己が参列した。犀星と横光は、共に芥川賞の最初からの選考委員でそれを退くまで毎月二度委員会で会っていた仲で、また一緒に第一回文芸懇話会賞を受賞した縁もある。犀星は横光の仕事ぶりに自分とは違ふが学ぶべきと言い、「彼が亡くなつてから一週間ばかり憂鬱にくらした」(「死について」後「文人について」と改題)と述べている。なお賞の選考委員には、川端康成・小林秀雄・河上徹太郎・林芙美子・橋本英吉・中山義秀・井伏鱒二・豊島与志雄がいた。雑誌・単行本などに発表された優秀な新人の作品に授賞し、選考結果および作品は「改造文芸」に発表されたが、二十四年の大岡昇平『俘虜記』と翌年の永井龍男『朝霧』の二回で終了した。

読売文学賞(よみうりぶんがくしょう)

昭和二十四年、文化国家建設に寄与する目的で読売新聞社が制定した。「小説賞」「戯曲賞」(後「戯曲・シナリオ」)、「文芸評論賞」(後「評論・伝記」)、「文学研究賞」(後「研究・翻訳」)、「詩歌賞」(後「詩歌俳句」)があり、第一回はそれぞれ井伏鱒二『本日休診』、該当作なし、青野季吉『現代文学論』、日夏耿之介『改定増補明治大正詩史』、斉藤茂吉『ともしび』と草野心平『蛙の詩』が受賞した。この時の選考委員は、豊島与志雄・辰野隆・宇野浩二・折口信夫・久保田万太郎・正宗白鳥・小林秀雄・小宮豊隆・青野季吉・佐藤春夫・広津和郎であった。第十九回から「随筆・紀行賞」が加えられている。犀星は、第九回の昭和三十二年『杏っ子』で小説賞を受賞した。授賞式は三十三年一月にあり、五月に山水楼にて祝賀会が催された。この後、賞の選考委員になる。

社会主義(しゃかいしゅぎ)

中野重治は、「社会主義の問題、階級闘争の問題について犀星は直接に表現することはなかつたが、あるいはきわめて少なかった」と述べつつも、しかし「『驢馬』のグループが出来て犀星がこれに密接していたこと、むしろ『驢馬』グループの成立を犀星自身うながしていたこと、『驢馬』同人の多くが何かの意味で共産主義的方向へ進んだことは犀星にそれなりに影響をあたえた。『驢馬』同人のあるものが検挙された時期に、犀星が手ぬぐい、かみそり、石鹸類を枕もとに用意して寝についたことなどもその辺の消息を語る。」としている。それは例えば、現実社会に生きているつまり市井に生きている人々に眼を向け、その中にいる「悪党でなければ一癖のある、箸にも棒にもかからぬ人物」に視点を当てて書かれた市井鬼ものは、どこか「痩せて蒼い顔をした夫」(「種蒔く人」大11・5)などの金子洋文の初期小説に登場する女に類似している。社会の底辺に生きている人間の姿を描く犀星には、そこに社会主義的な問題や階級闘争に持ち込むといったことはないにしろ、それ自体に初期のプロレタリア文学的要素を持っていて、金子洋文に共感的理解をもたらし、彼に「あにいもうと」の脚本を書かせしめ演劇化させることになったのである。さて、社会主義や階級闘争問題については直接的な表現はないものの間接的なものに戦争に対しての姿勢がある。犀星は戦争についても多くを語ってはいないが、中野の犀星が第二次大戦を「それと戦うべき腐敗した帝国主義戦争として認めていたわけではなかつた」との見解は、「考へる鬼」にある表現からも窺える。富岡多恵子は犀星の詩から犀星を国粋的民族主義的なものではないと言いつつもを「反戦思想家」でもないと言っている。伊藤信吉は戦争協力、戦争批判といったことではなく「自分の文学を崩そう」とせず「作家的欲求とその美意識を表現しようとした」と言っている。伊藤は小説では田端にいた頃に隣人の子が戦死した話「戦死」を取り上げ、そこには大きな悲しみが込められていると述べていて、犀星を「戦争の詩人・避戦の作家」と位置付けている。ところで、昭和二十三年十一月十三日の日記に、「戦犯七氏絞死刑、終身十六名、禁錮二名、（略）みな知らない人ばかりであるが、弔意を表したい」とあり、こうなることを彼等自身が予期していたことであろうから立派な最後を期待すると述べた後、「天皇はどういふ気持か、天皇こそもつとも苦しみをもつて彼等の処刑と、受刑にたいして襟を正して何らかの自決的な表現をなすべきであらう」など、天皇の戦争責任追及の問題で厳しい気持ちを示している。これより前の九月十八日に、芸術院会員として天皇に陪食に招待されたが辞退している。そして翌年十月八日にまた芸術院から天皇の陪食の招待がくる。「二度のお招きを辞退するのも気が引けるが、きうくつな思ひをしたり服装を気にかけるのも困るので、（略）天皇とすぐ近くにお話することは、幼少の折から抱いてゐた妙な空虚なものを心で試す機会でもあるが、気が重い」と記し、翌九日「天皇の陪食はやはりご辞退することにした。ご辞退しても、心にのこる事もないからである。昔なら一代の栄光であつたらうが、昔でも、さういふ場所には出向かぬ自分であらうと思はれる。」と決断して辞退する。こうした犀星の天皇と一線を画した態度は、『室生犀星全集』編集の折に日記を読んだ中野重治をして「窮した思い」にさせた。それは犀星が社会主義理論を持ったものではないにしろ、いたって原初的な社会主義的要素を持っていたと伺えるものである。

【参考文献】中野重治『室生犀星』(昭43・10、筑摩書房)、富岡多恵子『室生犀星』(昭57・12、筑摩書房)、田辺徹『回想の室生犀星　文学の背景』(平12・3、博文館新社)、伊藤信吉『室生犀星　戦争の詩人・避戦の作家』(平15・7、集英社)

有島武郎事典

プロレタリア文学運動　ぷろれたりあぶんがくうんどう

【解説】プロレタリア文学とは、「作品および運動。プロレタリア（労働者、無産者）の文学、という意味であるというよりも、それをふくんだところの大正末から昭和初年の社会主義的ないし共産主義的な革命文学の総体をいう。」（『日本近代文学大事典』講談社一九七八）、「一九二〇年前後から三〇年代前半にかけて資本主義社会の矛盾の深まりにともない展開された労働者階級の戦いを反映した文学動向」（『社会文学事典』冬至書房　二〇〇七）である。そのプロレタリア文学の始まりは『種蒔く人』とされている。武郎は主にこの『種蒔く人』に寄り添う形で、プロレタリア文学運動との関わりを持っている。『種蒔く人』は、一九二一（大正一〇）年二月、現在の秋田市土崎港（当時は南秋田郡）で出された雑誌で、その創刊号は、発行部数二〇〇部の、表紙を入れても一八頁しかないリーフレットで、いわば一地方の同人雑誌にすぎず、第三号で中断する。これを土崎版（第一次）『種蒔く人』という。東京版（第二次、または再刊）『種蒔く人』は、同年一〇月に発行されるが、この際、武郎の経済的援助を受けるとともに、その執筆家一覧に武郎の名が見られる。執筆家には、ほかに秋田雨雀、小川未明、藤森成吉、江口渙、長谷川如是閑、吉江喬松、福田正夫、加藤一夫、石川三四郎、平林初之輔らの名が挙がっている。小牧近江によれば、執筆家一覧の名前掲載は、総て本人の了解を取り付けているとのことである。文壇、思想界から広く受け入れられたことが知れる。武郎は『種蒔く人』に一度も執筆したことはなかったが、『種蒔く人』号外『飛びゆく種子』№5（一九二三（大正一二）・六・二）に、武郎の次男敏行と三男行三の作文を掲載したり、『種蒔く人』のロシア飢饉救済運動の一環としての講演活動に積極的に参加している。まさに『種蒔く人』同人にとって武郎は、「精神的擁護者」（小牧近江「『種蒔く人』の形成と問題性　小牧近江氏に聞く」『秋田文学』一九六七・一一）であった。ところで、一九一七（大正六）年七月に、「平凡人の手紙」と「カインの末裔」を発表してその名声を上げた武郎だが、山田清三郎は、特に「カインの末裔」に見る小作人広岡仁右衛門の自分の耕す土地を持たない悲惨な姿と運命に視点を当てているのは、「内地の農村をおわれ、北海道の開拓にかりたてられた不幸な農民の二代目の姿が、ブルジョアの二代目の武郎の眼にうつったものにほかならない」（『プロレタリア文学史』理論社　一九五四）と叙し、「北海道に広大な農場をもつかれの額に、苦悩の影がきざまれていた」（同）と述べている。さらに『或る女』に「いぜんとして男性依存の、それ故に自己矛盾に敗北する小ブルジョア婦人のいたましい運命をうちださないわけにいかなかった。」（同）と評し、人道主義的見地に立っているからだけでなく、十分に社会主義的要素を持ったものであるとの評価を与えている。『種蒔く人』同人の一人今野賢三が武郎に心酔し、その創刊以前の一九一九（大正八）年七月に、武郎宛に書簡と自作短編小説を送付し、返信をもらっていたが、その後、土崎版『種蒔く人』発行時には、同誌を送付している。一方、創刊同人の金子洋文は武者小路実篤に傾倒していた。彼は一九一七（大正六）年元旦から、我孫子の武者小路邸に、半年間寄寓する。近くには、「志賀直哉、柳宗悦が住んでいた、長与善郎、岸田劉生、小泉鉄氏等の白樺同人がたえず訪ねてくるし、文壇の諸星や編集者の往来もひんぱんであり、毎日の生活がすべて文学、芸術とつながっていた」（金子洋文「その種は花と開いた」『月刊社会党』一九六一・九〜一二）と回想している。また、同じく創刊同人の小牧近江は、一九一九（大正八）年一二月にパリから帰国した翌月、つまり一九二〇（大正九）年一月に、かねて「ある青年の夢」を読み敬意を抱いていた武者小路を宮崎の新しき村に訪ね、アンリ・バルビュスのクラルテ運動を広めるための協力を求める。しかしながら、実篤には断られるが、その際、実篤の武郎への紹介状を手にする。そして、小牧は、東京版『種蒔く人』創刊号から同人となる佐々木孝丸のつてで、秋田雨雀に接近し、足助素一の知遇を得、武郎へと接近したのであった。以上の経緯は、東京版『種蒔く人』発刊への武郎の援助を引出す経緯と繋がっている。東京版『種蒔く人』創刊号は三千部印刷したが、即日発売禁止の憂き目に遭った。武郎からは､創刊号発刊の祝いとして現金の代わりに梅原龍三郎の油絵「裸婦」を贈られ、これを換金して六〇〇円を得、その後の基金としたのである。武郎は「精神的擁護者」としてだけでなく、「経済的援助者」でもあった訳である。また、『種蒔く人』が、『白樺』の人々の影響下にあったことも明らかである。それは人道主義の延長線上に、プロレタリア文学運動があったことを意味するものである。また、逆に実篤の反戦詩「戦争はよくない」が東京版『種蒔く人』（一九二一・一二）の「非軍国主義号」に掲載されたことは、一面的ではあるが、『白樺』の人々のプロレタリア文学への近さを示すものでもある。だが武郎は、プロレタリア文学運動に理解を示しながらも、「宣言一つ」に見られるように、プロレタリア文学運動、労働者の階級解放闘争は、その階級に属しているものでしかその独自性や本能力を発揮できないという結論に達するのであった。

一つの提案　ひとつのていあん

評論。【初出】「一つの提案」（『女性日本人』　一九二〇（大正九）・九）。【書誌・出版】『有島武郎著作集』第一三輯に収録。【梗概】自身の著作「イブセンの仕事振り」で引用したイプセンの文言を引き、今まで主張してきたことがイプセンの発言の延長線上にあったことを再認識する。それは、産業制度が資本家と労働者の協同作業によって成立しているものの、資本家が無知な労働者に不利な条件で制度を運用しているのと同様に、社会生活はその根底は男性が創ったもので女性の預かり知らないことであるから、男性の都合のよいように組み立てられているところに問題点がある。つまり資本家が自分の創った制度に中毒して自滅しようとしている苦痛に堪えられないのと同じく、男性の創った様式に中毒するのではないかという不安を感じるのである。【主題】労働者の階級闘争が、「労働者が資本家の立場を取つて代らう為めではない、資本家と労働者とをなくす為めだ。凡ての人が同じ立場にあつて生活をしたいが為め」であるように、男性の創った生活様式は男性優位で片務的であるから、女性の視点で創出した様式と融合した時に初めて完全な社会生活が確立される。そのために女性は今の社会生活様式を打破すべきである。男女共に同じ立場にあって生活していくことが未来のためによいと言う提案である。

文化の末路　ぶんかのまつろ

感想。【初出】「文化の末路」（『泉』　一九二三年（大正一二）・一）。【梗概】文化は二時期を画して発展する。第一の時期に隷属的階級を除いた当時民衆と呼ばれた人々全体の力によって文化は生み出される。初期に発達する文化は、いたって民衆的であって個人的ではなく、合成的であって分業的ではなく、その特色は表現が素朴で内容が単純である。この「第一の時期に属する文化を生んだ民族は、民衆自身が活動の本体を成してゐた」と述べ、共同を目的とし、力量は比較的平均化されていて、利害も、それに等しく、したがって、彼らの集団的自覚は強烈で、外界からの刺激に対しては自然に結束した反感を惹き起こす。それゆえに、強靭に民族を一定の方向に発展させることができたという。そして、時間が経つと民族の民衆的な文化生活も停滞していく。民族も老境に入ったならば、かつては乗り越えられた障碍も乗り越えられなくなってしまう。つまり、結集した民族の力だけでは障碍を突破できなくなり、そこで民衆は解体し始め、民衆の合成力は見捨てられるが、しかし、ここで始めて個性が要求されるという。民衆は、個性的な「英雄」「天才」の指導を求めることで障碍を乗り越えようとする。ここに「第二の時期に於ける文化即ち個性的文化が燦然として生れ出る」のである。けれども、個性によって障碍は突破されるわけでもなく、繰り返しの生活であることには変わりない。「天才や英雄によつて築き上げられた文化が、段々彼等の理解と享楽から遠ざかり、遂には煙の如彼等の視界から離れ去るのを民衆は発見せねばならない」と断言する。ここに於いて民衆は解体し、破滅する。これが文化の末路である。【主題】文化が第二の時期の先端に到達してしまったことから生まれ出る武郎の苦悩が表されている。取るべき道は、「いつまでも自己欺瞞に酔つて従来の民衆が創り上げた文化の可能性を信ずるか。而してその境地にあつて、自らをその代表に仕立て上げるか」、「その合成力を見かぎつて孤独の一路を淋しいながら踏み遂げるか」、「第一の時期にある民衆の中に投じてその民衆的文化の渦中に溶けこむか」の三つある。武郎は第二の道を選ぼうとしている。しかし、従来の生活の延長は破滅への道筋であり、生活の崩れをも認識し苦悩する武郎にとって、現実はデカダン生活を送るか、極端に鈍く図太い神経で他の文化へ移入するしかないという選ぶに選べない押し詰まった息苦しさが示されている。

文芸家と社会主義同盟に就て　ぶんげいかとしゃかいしゅぎどうめいについて

感想。【初出】「文芸家と社会主義同盟に就て」（『人間』一九二〇年（大正九）・一一）。【梗概】社会主義同盟に文芸家が加わったことをどう思ったかとの質問に対して、実に当たり前のことであると思っていると記し、そして、自分も聯盟に加入するのに何の後ろめたさも苦痛も感じないどころか、加入したほうが「気が楽な位」だと述べる。それは社会主義が将来社会生活を指導すべきものであることを疑わないからである。しかしながら武郎は、第一に自分の生活があまりに有産階級者的ゆえに会の内容を汚すから、第二に自身を職業上絶対自由な立場に置きたいということから、社会主義同盟には入らない旨を述べるのであった。【主題】一九一九（大正八）年に、河上肇の『社会問題研究』、大山郁夫、長谷川如是閑の『我等』、新人会の『デモクラシイ』、堺利彦、山川均らの『社会主義研究』や『解放』『改造』が創刊されるに至って、社会主義思想が一挙に開花した。一九二〇（大正九）年六月には、社会主義者の大同団結が企てられ、同年八月に、発起人三〇名を結集して「趣意書」を発表した。「広き意味にて一切の社会主義者を包括する」ことで、同年一二月に日本社会主義同盟が結成された。この時までに、すでに一〇〇〇名を越える参加者が集まったほどであったが、武郎は一人で少しずつ遅ればせながらでも歩んでいけばよいと考えていたのである。

種蒔く人　たねまくひと

【書誌・出版】文芸雑誌。第一次土崎版　一九二一（大正一〇）・二～四。全三冊。第二次東京版一九二一（大正一〇）・一〇～一九二三（大正一二）・八。全二〇冊。ほかに『帝都震災号外』（一九二三（大正一二）・一〇）、『種蒔き雑記』（一九二四（大正一三）・一）がある。【解説】雑誌名『種蒔く人』は、ミレーの絵「種をまく人」から来ている。土崎版表紙には、その種を蒔く農夫の姿が大きく載せられていて、「自分は農夫のなかの農夫だ。自分の綱領は労働である。」というミレーの言葉も入れられている。また、第一巻第二号には種を蒔く農夫の姿を想起させる金子洋文の詩「若き農夫よ」が掲載されている。土崎版同人は洋文の他、土崎小学校の同級生であった小牧近江、今野賢三、小牧の親戚に当たる近江谷友治と畠山松治郎、小牧の友人である山川亮の六人。武郎の経済的援助を受けた再刊当初の同人としては、近江谷、畠山に代わり佐々木孝丸、村松正俊、柳瀬正夢、松本弘二が入り、後、平林初之輔、青野季吉、前田河広一郎、中西伊之助、山田清三郎などが同人として加わることになる。創刊号の表紙裏の執筆家一覧には、すでに武郎の名が見られるが、『種蒔く人』には一度も寄稿せずに終わった。ただし、『種蒔く人』の号外『飛びゆく種子』No.5（一九二二（大正一一）・六）に、武郎の次男敏行と三男行三の作文を掲載している。武郎の死後の同誌（一九二三（大正一二）・八）には、「有島氏の追憶」として、肖像、弔辞と今野賢三、小牧近江、佐々木孝丸の追悼文が載せられている。

秋田雨雀　あきたうじゃく

【生没年】一八八三（明治一六）・一・三〇～一九六二（昭和三七）・五・一二。【職業】劇作家、童話

作家。【出身】青森県南津軽郡黒石町（現、黒石市）。【本名・雅号等】本名、徳三。【経歴・事績】黒石尋常小学校、黒石高等小学校、青森県第一中学校を経て、一九〇七（明治四〇）年三月、早稲田大学英文科卒業。この年六月に島村抱月の推挙により「同性の恋」を『早稲田文学』に発表。以後、『趣味』、『文章世界』、『新潮』などに小説を発表し新人作家として活躍する。これより以前の一九〇三（明治三六）年に新体詩集『黎明』を自費出版、一九一一（明治四四）年、小説戯曲集『幻影と夜曲』（新陽堂）、一九一三（大正元）年、戯曲集『埋れた春』（春陽堂）、一九二一（大正一〇）年、戯曲集『国境の夜』（叢文閣）を刊行。武郎と雨雀とは、一九一八（大正七）年一月に始まった、橋浦泰雄、生田長江、沖野岩三郎、野村愛正らと思想、社会、時事問題を語り合う「初心会」を通して親しくなっていった。雨雀はその時のことを、「有島はきびきびした弾力性のある印象を私たちに与えた」と述べ、武郎の書斎で夜遅くまで「デモクラシーの問題が持ち出されたり、ソレリアという人の『ロシア革命と戦争』という著述について語りあったりした」と回想している。同年六月には、雨雀の戯曲集『三つの魂』の出版記念会に武郎が出席し、さらに、同年一〇月には、雨雀が、芸術倶楽部で、松井須磨子主演「死と其前後」を上演し、成功を収めたことなどによって、さらに友情が深まった。それは武郎死後の雨雀の追悼文の執筆件数の多さによっても知られる。

今野賢三　いまのけんぞう

【生没年】一八九三（明治二六）・八・二六～一九六九（昭和四四）・一〇・一八。【職業】小説家、地方史研究家。【出身】秋田県南秋田郡土崎港町（現、秋田市）。【本名・雅号等】本名、賢蔵。初期に

今野叢雨、能代在住時には小川洛陽も用いる。【経歴・事績】土崎尋常高等小学校を卒業後、呉服屋の手代、新聞配達、職工見習い、豆乳販売などをした後、上京。洗濯屋店員、東京瓦斯会社常夫、中央郵便局集配人を経験。この間、秋田の新聞各紙に頻繁に短歌を投稿する。一九一四（大正三）年、民衆芸術論に影響を受け活動弁士の道に進む。能代で弁士をしていた一九一九（大正八）年七月、武郎へ手紙と短編小説を送るが、武郎の返信には痛烈な批評が記されていた。一九二一（大正一〇）年二月、小学校の同級生金子洋文、小牧近江らと『種蒔く人』を創刊。武郎にもこれを送る。一九二三（大正一二）年二月の『種蒔く人』には、「有島武郎氏の「酒狂」」を発表し、「有島氏は死を賭して自己の生活に徹しようとする。（略）有島氏の行動も、言説も徹底的になればなるほど、大多数の読者に何等かを投げつけずにおかない。」と断言している。恐らく活字掲載になる以前に、書簡でこれと同様の内容のものを賢三は武郎に送っているかと思われ、前年一二月二八日付の武郎の賢三宛葉書で「私之芸術之道もあ、いふ方面に新しい曙光を生ミ出して行くかと思つてゐます」と書き送っている。武郎死後の同誌（一九二三（大正一二）・八）に「故き有島先生と自分」を執筆。ほか同誌には「彼の死」（一九二二・五）、「路傍の男」（同・六）、「おい！　仲間」（同・一〇）、「火事の夜まで」（一九二三・三）を発表。『種蒔く人』廃刊後、引き続き『文芸戦線』同人。【その他】新潮社から刊行された『闇に悶ゆる』（一九二四）、『薄明のもとに』（一九二五）、『光に生きる』（一九二七）の「暁」三部作、短編小説集『汽笛』（鉄道生活社　一九二八）や『土崎発達史』（同刊行会　一九三四）、『秋田県労働運動史』（同刊行会　一九五四）などの秋田県内の歴史や社会運動史についての編著書がある。

終りの薔薇（おわりのばら）

小説／「婦人公論」昭30・2／『霧の中の花火』村山書店、昭32・3・29

三輪子は女性特有の病気で入院した。彼女の手術の担当医は、夫杉山の友人の弟秦である。彼は、杉山の放蕩について聞き知っていたので、杉山のつくった業因が三輪子の身体に復讐しているような気がしてならなかった。そして二人は二年近く触れ合ってもいないようで、正常な夫婦関係であれば、病気も二期になる前に見つけられたのではないかと考えていた。手術前に秦と三輪子は二人で病院外に食事に出る。三輪子は手術後の衰えた姿ではない自分を、秦の心の中にしっかりと印象づけたかったが、秦の医師としての理性が強いブレーキをかけ、二人は結ばれることはなかった。手術後、秦は三輪子の病状が思いのほか進んでいて助からない命であることが分かった。秦は三輪子の思いを適えなかったことを後悔した。女性機能を手術によって失ってしまうことの不安、さらに死の覚悟すらしている女性の心理と、彼女の結婚生活の不幸を思い、彼女の望みを知りつつも踏み止まってしまう男性の怯懦が描かれている。

なお初出誌には、タイトルの前に「オムニバス小説　失恋　第三話〈三十代〉」が付せらている。

くろい神（くろいかみ）

小説／「文芸春秋」昭31・2／『妖』文芸春秋新社、昭32・9・20全集②

M大化学研究所に勤めている鴻巣高澄は、研究所の備品を盗み売っていた。彼は得た金で酒を飲んだり、博打に使ったりしていた。しかしとうとうそのことが知れた。高澄は、研究所の所長西条の計らいで病気を理由に辞表を出し、父の高則に連れられて郷里に帰っていった。西条は高澄とその妻美緒の媒酌人である。彼は二人の「式」だけの仲人ではあったが、高澄の若い妻美緒に同情的であった。美緒は東北の旧家でおっとりと育った。高澄とは三ヶ月前に結婚したばかりである。彼女は、高澄との結婚は恋愛からではなかったこともあって、同棲した後も愛していると問われたら返答に困るのであった。彼女は「この人は私の身体の中に自分を押し込んで来た。私はこの人と一つになってひしめいた。私の中にこの人の子供が生き始めている」という思いから、他人のように高澄のことを簡単に白黒を決められないと考え、夫婦の不思議を感じた。だが、離婚は既成の事実となって進められていった。そして美緒は妊娠するものの中絶のため産婦人科病院へ行った。けれども中絶手術寸前で、美緒は手術をよした。彼女は「盗癖のある男の子供を抱えて、さき長い生活を汚染だらけに生きてゆく女……そんな若い女を彼らの人生に疲労した眼は捕えたくはない」という「臆病な大人の善意」におされて産科病院まで行ったもの、自分のことを「楽な暮しよい生き方に逆ら」う「始末のつかないしぶとい女」と評するのであった。「罪の意識から中絶を一歩手前で思いとどまった女を描いた」（亀井秀雄・小笠原美子「円地文子の世界」）作品との発言や、「『冥い争えない力に引きずられて余儀なく生き耐えて行かなければならぬ手のつけられぬ自分を暗澹と眺める』よりほかに仕方がない。女の目覚めた自我というよりは、有り難い女の生理」（窪田啓作「私の『今月の問題作五選』」「文学界」昭31・3）という発言もある。また「人を殺したり物を奪ったり出来る特権を長い世代持ち耐えて来た祖先の血が、鴻巣の中で倒錯した反抗をいどんでいる」との言もあって前近代的な制度批判をもしている。

寝顔（ねがお）

小説／「別冊新潮」昭31・1／『妻の書きおき』宝文館、昭32・4・5

女優藤宮雪枝は、小学校一年の息子喜一の担任教師福島に呼び出されて学校に行く。新劇の公演のため大阪・京都にいて一ヶ月たっぷり家を空けていた雪枝は、二学期に入ってから喜一の学校にいる時の様子を見に来る暇がなかった。学校では、ちょうど喜一たち一年生が運動場で体育の授業をしていた。そこにはあまりにも調子はずれな動作でだらしない喜一の姿があった。雪枝は身の置き場のない恥ずかしさを感じた。喜一は、山ノ手で外科病院と私立大学を経営している大須賀信夫との間にできた子であった。雪枝と大須賀とは、彼女が終戦後に夫の良衛の骨壺を抱えて朝鮮から引き揚げて来て生活に困窮している時に、偶然再会した。そして半年以上大須賀の経営する病院の療養所にいて、その間に妊娠したのである。雪枝は、大須賀を愛してもいないのに身体を許し、生活を支えられて子供を産んだ自分の不純さに腹を立てつつも、子供の寝顔を見てしっかりと生きていこうと決意するのであった。

金子洋文　かねこ・ようぶん　1894（明27）4・8―1985（昭60）3・21　本名・吉太郎　秋田県南秋田郡土崎港町（現・秋田市）に生まれる。土崎小学校高等科卒業後上京し電気会社の見習工になる。1910（明43）年秋田県立工業学校入学、13年卒業とともに同校勤務。同年12月より16（大5）年10月まで土崎小学校で代用教員をする。この間秋田の新聞各紙に小説、詩、短歌、評論などを発表する。同月上京、茅原華山の主宰する『洪水以後』が改題した『日本評論』の一元社に入社。17年1月我孫子の手賀沼畔に引っ越したばかりの武者小路実篤宅に寄寓。志賀直哉や柳宗悦らとも親交を得る。19年日本評論社から『労働美談力の勝利』を刊行。20年の『親と子の汲み交わした知慧の泉』をはじめとして児童向け読み物一寸法師叢書全6冊を実業之日本社より刊行。21年小学校の同級生小牧近江、今野賢三らと『種蒔く人』を創刊。24年「亀戸の殉難者を哀悼するために」を『種蒔き雑記』に執筆、発行。同年『種蒔く人』を発展的解消をした『文芸戦線』を創刊し編集責任者として腕を振るう。小説、劇作だけでなく脚本、演出も手掛ける。47（昭22）年4月、第1回参議院選挙に日本社会党公認候補として全国区に立候補して当選。［著作］『地獄』自然社1923、『鷗』金星堂1924、『飛ぶ唄』平凡社1929［文献］北条常久『「種蒔く人」研究』桜楓社1992、須田久美『金子洋文と「種蒔く人」』冬至書房2009

コロンタイKollontai, Aleksandra Mikhailov-na

1872・3・31—1952・3・9アレキサンドラ・ミハイロウナ・コロンタイ　ロシア帝国サントクペテルブルクに生まれる。21歳で結婚し一児を出産、女子工場労働者の惨状を見て社会革命運動に携わる。1898年にチューリッヒ大学に留学。1899年ロシア社会民主労働党に入党。同党分裂の際は中立を保つが1905年革命時はメンシェヴィキに所属する。08年ドイツ亡命後は第二インターナショナルに参加し女性解放運動も手がけた。第一次世界大戦勃発後ボリシェヴィキに転じ亡命に終止符を打ち17年レーニンの4月革命を支持、10月革命後にソビエト人民委員となり女性の生活向上に尽力した。しかし18年ブレスト講話に反対して辞任し、党内左派の労働者反対派に所属するが、21年党から除名される。23年世界初の女性大使としてノルウェーに赴任する。その後もメキシコ、スウェーデン大使などや国際連盟代表部部員を歴任した。社会主義社会における男女の自由で平等な性愛関係の理想を追求し、日本の知識人に影響を与えた。［著作］松尾四郎訳『赤い恋』世界社1927、林房雄訳『恋愛の道』世界社1928、林房雄訳『恋愛と新道徳』世界社1928、内山賢次訳『グレート・ラブ』アルス1930、大竹博吉訳『婦人労働革命』内外社1930『新婦人論』ナウカ社1946［文献］今野賢三『プロレタリア恋愛観』世界社1930、ミハイル・アレーシン『世界初の女性大使コロンタイの生涯』東洋書店2010

プロレタリア文学と東京

はじめに

世界文学会第54回大会（２００８年7月29日、中央大学駿河台記念館）のシンポジウム『都市と文学』のパネリストを簡単にお引き受けして、取り敢えず「１９２０年代後半の東京――プロレタリア文学と都市」と題したのだが、いざ準備をしだしたらどうもまずいことに気付いた。取り上げるのに適当な作品が少ないのである。

池田浩士は『社会文学事典』（２００７年1月、冬至書房）の「18都市・町」で、

プロレタリア文学はこうした都市底辺にいっそう着目すべきだったにもかかわらず、「富川町から」（１９２４～２５年）の里村欣三や「釜ヶ崎」（１９３３年）その他の「市井事もの」における武田麟太郎などの少数の例外を除いて、そのことに積極的ではなかった。総じてプロレタリア文学は、無産労働階級に視線を固着させるあまり、かれらが生きる都市の具体的な階級構造を描ききれなかった。

と記している。

地方から東京へ

夏目漱石の『三四郎』は、1908年9月1日から12月29日にかけて『朝日新聞』に連載された。「三四郎が東京で驚いたものは沢山ある。」とあるように、九州から初めて上京してきた三四郎にとって東京は驚きの連続の場所であった。

三四郎は全く驚いた。要するに普通の田舎者が始めて都の真中に立つて驚くと同じ程度に、又同じ性質に於て大いに驚いて仕舞つた。今迄の学問は此の驚きを予防する上に於て、売薬程の効能もなかった。三四郎の自信は此の驚きと共に四割方滅却した。不愉快でたまらない。

このような三四郎であるから、東京に慣れるまでに時間が掛かる。その間には失敗もある。

野々宮の家は頗る遠い。四五日前大久保へ越した。然し電車を利用すれば、すぐに行かれる。何でも停車場の近辺と聞いてゐるから、探すに不便はない。実を云ふと三四郎はかの平野家行以来飛んだ失敗をしてゐる。神田の高等商業学校へ行く積で、本郷四丁目から乗つた所が、乗り越して九段迄来て、序に飯田橋迄持つて行かれて、其處で漸く外濠線へ乗り換へて、御茶の水から、神田橋へ出て、まだ悟らずに鎌倉河岸を数寄屋橋の方へ向いて急いで行つた事がある。それより以来電車は兎角物騒な感じがしてならないのだが、甲武線は一筋だと、かねて聞いてゐるから安心して乗つた。

文章を読むだけでもわかるが、降りるべきところで降りられず「乗り越して」九段、飯田橋へと行ってしまい、気付いて電車（市電）を乗り換えて再度目的地である高等商業に向かったがまたもや乗り越してしまうという失敗をしてしまうということなのである。だが実はここには巧妙な仕掛けがあるのである。

神田の高等商業は、後々市電の通り道に接することにはなるが、この時には電車通りには接してはいない。本郷四丁目から最初に乗った電車であったならば、九段下の一つ手前の神保町で降りるべきであったのである。乗り換えた電車であれば、神田橋の一つ手前の錦町三丁目で降りるべきであったのである。つまり高等商業に近付きながらもうろついてしまう三四郎を描くことで、その滑稽さを示したことになる。換言すれば、大都市東京をまだ十分に知らない高学歴の地方出身の青年のまごつきようが描かれているのである。もちろんこれを仕掛けているのは、東京をよく知っている夏目漱石である。

プロレタリア文学創草期の『種蒔く人』創刊からの同人金子洋文は、秋田出身である。彼が1921年3月の『種蒔く人』に載せた詩「女工の群」は、

女工達が工場から帰る時
広い原つぱをとぼとぼ帰る時

私の心はいつも寂しい

女工達は
群がり群がり通るけれ共
何も言はない
顔もあげない
たゞ頂垂れて通る

原つぱの草は暑さにいきれて蒼く
女工達は顔も蒼く
空も蒼く
土も蒼く

あゝ、そして私の心は限りなく寂しい

とあるように、女工への同情的な眼差に洋文の社会性が見て取れる。ちなみにこの詩は1917年7月14日の我孫子行きの列車の中で創られている。洋文はこの年早々に我孫子に引っ越したばかりの武者小路実篤宅に寄寓するが、この時は実篤宅を離れる直前であった(1)。

その洋文に「廃兵を乗せた赤電車」（『種蒔く人』１９２２年6月）がある。洋文の小説の多くは、地元秋田を舞台にしている中にあって、数少ない東京を舞台にしたものである。そしてこれは市電を上手に使った小説である。「三宅坂から赤坂見附に突きぬけてゐる電車街路は真暗闇であつた、その中を青山行の赤電車がはげしいうなり声をあげて狂人のやうに走つてゐた。」という文言にその極みがあろう。最終電車という意味での「赤」、左翼という意味での「赤」が重なりあっている上に、さらに衛戍病院などがあった三宅坂から赤坂見附を通るという具合に地名にまで「赤」が取り入れられていて、やはり陸軍の関連施設が多くあった「青」が入った地名青山へと向かわせる。色使いは見事である。そんな赤電車に戦争によって両足を失ってしまった廃兵が乗っているのである。非戦・反戦を主題にした小説である。

「痩せて蒼白い顔をした夫」（『種蒔く人』１９２２年5月）もまた東京が舞台になっている。

産婆の広告や活動のポスターなどをベタベタに刷りつけてある、物置小屋のやうな京王電車の待合所で、お主婦さんは電車を待つてゐる。彼女は夫のことを考へる。のろまで、働きのない夫のことを考へる。東京に来てから六年にもなるのに、市内の電車さへ満足に知つてゐない。上野へ行くのに品川まで持つて行かれたことさへある。まるで荷物のやうに

（略）

彼女の夫は同盟罷業が無事に終つて一月たゝない内に馘首された。それから二月位遊んで、代々幡からかなり遠い巣鴨のある工場に通つてゐるのであつた。彼女はその二月前の苦しい貧乏な生活

を思浮べた。

洋文が、土崎小学校の代用教員を辞めて、二度目の上京をしておよそ五年半経ってから発表されたものである。「東京に来てから六年」と近い。そして代々木山谷町に住んでいた。現在は、小田急線代々木上原駅が近いが、小田急は1923年5月創立で、この時点では開通していないので、京王線を利用していたと考えられる。それが代々幡駅になる。代々幡は代々木と幡ヶ谷が合併してできた町である。また巣鴨には日本評論社に勤務していた関係で、岩野泡鳴宅に行っていたことから土地勘があったものと考えられる。(2) つまり洋文が東京生活に慣れ、それにつれて電車利用も増して地理が詳しくなった結果が、このような具体的な地名を出して都市が語られることになるのだが、けれども同時に地方出身の夫は、東京に出てきてから六年も経つのに、「のろまで、働きのない」ことも手伝ってか、まだ路線を把握しきれていないのである。ついでながらここに登場する電車の車掌も、地方出身者として描かれている。

関東大震災

1923年9月1日、関東大震災が発生した。下町は焼け野原になるが、新たに近代化、都市化が進む。自動車、活動写真などの機械文明と、カフェに象徴される都会主義の風潮が広がった。1924年10月の『文芸時代』創刊号で、新感覚派と名付けられる所以となった横光利一の「頭ならびに腹」は、機械文明に飲み込まれて自分自身を見失ってしまう大衆を皮肉っているが、プロレタリア文学陣営では、『種蒔く人』が発展的に解消して、新たに同年6月に『文芸戦線』が創刊された。『文芸戦線』誌上には、里村欣三のルポルタージュ「富川町から」という報告がある。東京深川の木賃宿、貧民窟の様子を示したもので、都市の底辺に生活する人々などの記録、報告文である。(3)青野季吉は、同誌1925年12月号の「紹介・感想・質問」で、「葉山嘉樹君と里村欣三君は『文芸戦線』で紹介した二人の立派な労働文学者だ」との評価を与えている。二人が『文芸戦線』の同人に迎えられるのは奇しくも同じ1926年4月号からである。

葉山嘉樹の「淫売婦」もやはり『文芸戦線』(1925年11月)に発表された小説である。舞台は横浜であるが、淫売婦だと思われた人物が実は殉教者であったという大逆転があり、彼女が過酷な工場労働の犠牲者であることが明かされるという小説である。ところでこの年7月には、紡績工場の労働環境、条件の酷さを暴いた細井和喜蔵の『女工哀史』が出版されている。そこには長時間労働、低賃金、懲罰、罰金、強制貯金制度の実態が示されており、なおかつ酷い綿ぼこり、機会熱、大騒音によって壊されていく肉体、監禁同様の寄宿舎生活をも記されたものであった。まさに彼女らは淫売婦予備軍と言ってもよいであろう。彼女らはほとんどが地方出身者なのであった。

1926年1月19日、東京小石川の共同印刷で、操業短縮に反対してストに突入した。翌日、会社側は工場を閉鎖・全員解雇で対抗したことで、約2か月に渡る大争議に発展した。労働争議史上でも有名なこの争議を素材にした小説が、戦旗社より1929年12月に刊行された徳永直の『太陽のない街』である。(4)

徳永直は、熊本県生まれで、小学校卒業前から印刷工見習いとして働いていたが、1922年に上京して博文館印刷所、後の共同印刷に勤務していた。その時に起こったのが前記の争議である。つまり組合の幹部の一人としての徳永自身の実体験を基にして書かれたのが『太陽のない街』である。舞台は「大同印刷」のある、高等師範学校の丘と白山の丘に挟まれている谷間の低地＝貧民窟がある太陽のない街である。作品の舞台に広がりはなく、ほぼこの地域での出来事が描かれている。

ともかくも関東大震災後の東京は、機械化にも伴って、商工業が飛躍的に発達していった。と同時に産業の合理化が計られていく。電化、原燃料の節約、品種の規格化、労働強化と人件費削減など、これらが労働者を追い詰めていき、低賃金の長時間労働を余儀なくされていくのであった。

佐多稲子の「キャラメル工場から」は、1918年3月の『プロレタリア芸術』に発表された。小学校を途中で辞めて一家して上京してきたひろ子は、家族の生活のためにキャラメル工場で働くことになる。舞台は東京であるのは確かであるが、具体的には示されていない。おそらくこの時にはあまり地域についてのこだわりがなかったのか、もしくは十分に地名を認識してはいなかったと思われる。後の回想[5]では、

あるときにね、うちに朝、電車に乗っていくためのお金がないんです。うちから工場までは、向島の三囲さまから土手へあがって枕橋へ出て、それから朝日麦酒の前を通って吾妻橋を渡って、雷門を過ぎてずうっと和泉橋まで歩くわけですから、ちょっとした道のりです。そのときは、さすがに祖母があたしについてきました。その道のりを歩いていく途中で、街燈の明かりが消えるの。暗

いうちから出ていって、ちょうど吾妻橋渡って蔵前のあたりを和泉橋まで歩く途中で電気が消えたと覚えています。そのころ、上野の山なんかガス燈でしたけど、道路は電気だったらしい、それがパッと消えましたもの。

と具体的な行程を示している。

「東京一九三〇物語」

佐多稲子は「東京一九三〇年物語」（『世界大都会尖端ジャズ文学』・『大東京インターナショナルプロレタリア作家十人』（１９３０年10月、春陽堂）では、登場人物の東京をあちらこちらと動き回っている姿が見て取れる。

「お待ち遠さま、大塚ゆきでございます」

女車掌の声に拾ひ上げられるやうに円太郎に乗り込んだ少女は、間もなく自動車がエンジンの圧力を増して切通しの坂を上ると、いそいで市電の切符を一枚出した。そして彼女は本郷三丁目で降りた。

大震災によって壊滅的な打撃を被った東京市電気局の路面電車に代わって、電気局が急遽採用したのが市営バスの円バスである。明治10年代に人気のあった円太郎馬車にちなんで円太郎バス、すなわち円バスである。

円バスは、発足当時は非常に粗末なトラックのような代物で、それゆえ人気がなく半年で営業危機に陥ったが、新型車導入と女子車掌の採用によって一躍脚光を浴びるに至った。これが「女車掌」の登場である。


少女は街路樹の蔭に赤いポストを見つけると、また風呂敷包の中から封書を一つ取り出して投函した。彼女は次の停留場から三田行きの市電に乗り込んだ。

少女は風呂敷包を小脇にはさんで、入り口に近い窓から外を眺めてゐる。初夏の陽を浴びた往来を豆腐屋がラッパを吹いて通る。子供が三輪車に乗つて遊んでゐる。少女は須田町で一応降りようとしてそのまゝ三越前まで乗つた。青バスや、円太郎や、円タクや、自転車や、この通りへ来ると急に往来の目まぐるしさが増してゐた。


円バスだけでなく、円タクも新しい乗り物である。東京都内であればどこでも一円で行けたタクシーのことである。

青バスとは、主に東京の中央部から東側にかけての路線を持っていた東京乗合自動車のことである。「日本共産党××委員会のレポーターであつた少女」は、3・15、4・16の共産党員の大検挙事件の後であるゆえに、自分たち仲間の居所を察知されるのを防ぐために、手紙を出すにあたっては手紙の消印を一致させないための細心の注意を払った行動として、異なった地域から投函している。だがそれゆえに彼女の足取りから、昭和初期の東京の街を見事に想起することができる。

さらに、

　彼女はその間を抜けて三越の中に入つて行つた。大理石か何かの立派な床や柱、高い天井、金色づくめのエレベーターの扉。商品がむしろ安つぽい程だ。少女は一階だけをぐるぐるとあてもなく歩いてから外へ出て、日本橋へ向つた。途中でポストを見つけると、少女はまたこんども風呂敷から一通だけ手紙を出して投函した。少女はその包から手紙を出す時だけ細かな注意を手先きに払ふらしかつた。いつもその包の中には取り出した一通だけしか入つてゐないかのやうだつた。しかし少女はもう三通の手紙を投函した。しかもみんな違つた区であった。日本橋通りを京橋方面へ向いて歩いていく少女は、まだ幾通の手紙を出さうといふのか。

と続く。大震災で打撃を受けたのは、デパートも同じであった。ただその直後に各所で開いたマーケットで、生活用品が飛ぶように売れたことで客層が特定の顧客から不特定多数の消費者移行したことで、大量生産、大衆消費の時代が到来する。なかでも修築が完成し1927年4月7日に開館した三越は、真っ先に今までの下足預かり制度を廃止して、現在の土足のまま自由に入れる陳列式立ち売り制にして営業成績を伸ばしていた。こうした少女の行動からは、まさに東京の社会様相を見事に写し出している。

　章が変わると登場人物も入れ替わる。だが、どの章からも東京の街の様子がしっかりと写し出されていく。二章目は、渋谷の道玄坂近辺に住むバスの女性車掌二人のところへスパイが訪ねてくる。

彼女は東京乗合自動車の車掌だつた。彼女も、病気で寝てゐる橋本も、先日のストライキで馘首されたのだ。馘首者の復職要求及び、その他数項目の要求のもとに、争議はじりじりと続いてゐた。資本側では、その中の所謂共産党系を洗ひ立て、それにつながる一つの意図を掴まうとしてゐる。そしてこの裏町の長屋の一隅に住まつてゐる二人の女のところへも毎日のやうにスパイがやつてくる。

「先日のストライキ」とは、4月20日の東京市電のストライキのことである。21日の『東京朝日』には「整然たる総罷業」という小見出しが付けられていて、その参加者はおよそ10500余人という記事が載せられている。26日の『大阪朝日』に、「二十五日午後零時十五分、争議団首脳部代表は堀切市長と会見「市長の人格に信頼し即時罷業を打切る」旨の声明書を発した」とあり、「かくて六日間にわたるさしもの市電罷業もここに結末を告げること、なつた」と結んでいる。「東京一九三〇物語」はこの事件を背景としている。

場面は展開して「六月近いある日」、これは5月26日になる。

それは四月のストライキに我々の要求を、市従業員の敵に当たる「市長の人格に信頼して一任」といふ大それた口実によつて、幹部に争議を売られて以来、何らの解決なしに、しかも多くの馘首者を出して、憤懣に燃えつゝ就業してゐた一般の従業員だつた。更にこのダラク幹部に対抗して、反動的旧幹部が、電気局長との共謀の上、争議切崩しを行つた謝礼は、労働課の椅子と金四万円なのであつた。

という暴露と憤慨とが示されている。納得していない労働者による東京交通労組の復職要求デモが行われた。そこではデモ鎮圧のために警察官による催涙ガスが初めて使われるのであった。最終的には女性車掌が生活権を守るために「組織」に入っているが、同時に免職、失業の危機が常にあることを意味している。

ところで、『大東京インターナショナル　プロレタリア作家十人』にはほかに次の作家の作品が収録されている。

徳永直「裏切者」、橋本英吉「ゼネ・スト」、山田清三郎「求人広告」、小島勗「アスファルト」、藤沢恒夫「首府の欲情」、武田麟太郎「浅草・余りに浅草的な」、黒島傳治「お化け煙突」、片岡鉄兵「アスファルトを往く」で、すべて書き下ろしのため、だれか一人が締切りに間に合わなかったのか、佐多を入れて九作家しかいない。

ちなみに、徳永直「裏切者」（1930年5月4日執筆）はやはり印刷工場を舞台にしたもので、小石川谷に住むバクチ好きの植字工虎公が、隣室の同じ工場に勤めている労働組合員黒木の部屋に来ていた工員達の名前を工長に告げたことによって、皆馘首されてしまったことを知る。だがその前に虎公は組合活動に芽生えていたという話である。

また橋本英吉「ゼネ・スト」(1930年4月16日執筆)も印刷工場の話で、大同印刷の争議が労働者側の勝利で解決したことを受け、日明印刷でも組合を組織し、他社を巻き込んでのストライキに発展していくまでの過程を描いていたものである。

本の見返しも、デモの写真とデモ隊と警察官が衝突している写真で構成されている。争議を描くことで、実際の状況説明になっていて、読者にその出来事を認識させることによって、より組織活動への道を開くものであるのも確かであろうが、同時に「失業都市東京」の姿が示されることにもなった。

注

(1)『金子洋文作品集』(1976年11月、筑摩書房)の分銅惇作編「年譜」等に拠ると、実篤宅には1917年元旦から半年余り寄寓とある。洋文の母ヨシの実篤宅の洋文宛てに7月14日付の封書がある。この後にいったん土崎に戻っているようである。なお、この後にも洋文宛ての封書、葉書で、宛先住所が実篤宅のものが少々ある。実篤宅には時々行っていたということなのかもしれない。

(2)「年譜」に拠ると1918年1月に巣鴨の岩野泡鳴宅に行ったことが知れる。これは日本評論社に勤務していた関係によるものかと思われる。

(3)「富川町から(立ン坊物語)」1924年12月と25年8月、「どん底物語　富川町から」が1925年8、9月などがある。

(4)『太陽のない街』は、『戦旗』に1929年6月から9月および11月に分載されたが最終章までは載せられずに、単行本で完結した。
（5）『年譜の行間』（１９８３年10月、中央公論社）

印刷された文学作品と直筆

芥川龍之介の「羅生門」は、初出の『帝国文学』（大正4年11月）では「下人は、既に、雨を冒して、京都の町へ強盗を働きに急ぎつゝあつた」とあります。それが第一短編集『羅生門』（6年5月、阿蘭陀書房）収録の際「急ぎつゝあつた」が「急いでゐた」となります。現在の「下人の行方は誰も知らない」は、7年7月春陽堂から刊行された『鼻』収録からです。

志賀直哉の「城の崎にて」は大正6年5月の『白樺』に発表されました。冒頭は「山の手線の電車に跳飛ばされて怪我をした」です。「城の崎にて」には草稿が残っていて、それは「いのち」と題され、「昨年の八月十五日の夜、一人の友と芝浦の涼みにいつた帰り、線路のワクを歩いてゐて不注意から自分は山の手線の電車に背後から二間半程ハネ飛ばされた」と書き出されています。志賀直哉の日記もあり、大正2年8月15日前後からの志賀の状況や心理も知ることができます。作品の成立過程にも文学の面白さがあります。

文学展や文学館では、関連の単行本や雑誌、作家の自筆或いは複製の原稿、日記、書簡等が展示されています。作家の直筆にはその作家の個性が見て取れます。

室生犀星が、昭和28年4月の角川書店刊『昭和文学全集』「月報11」に載せた「秋声考」に、「徳田さんの原稿は小ぢんまりした細字で、どこか顫へてゐるやうなところがあつて」、加筆修正には「ちひさな迷ひが見られ」ると記しています。原稿だけなく手紙や葉書を見て、「物事に頓着しないやうな方にも、ペンをとると紙といんきの調和といふもの」を心得ていたと評しています。また原稿のようなものを見れば、作家の執筆の苦労が偲ばれ、一枚の葉書からも「作品の練り方のていねいさが判る」と叙しています。まさに作家の直筆を見ることの醍醐味と言えましょう。

その犀星は、自分の書いたものを見、「仮名遣ひや漢字の当字の多い」、「同じ文章に様々に異つた文字を遣つてゐる」と記し、燦、獲、捷、瞥、竊などは「文字の一部分や一劃分に必ず忘れた個處」があると述べています。これらは紙として残っている資料です。電子化が進んでいきますと、こうしたことがなくなってしまうのでしょうか。

あとがき

本書は論文集ではないが、私の文学的足跡の一部である。

二〇〇五年度から受け持った埼玉県立大学の「日本近代文学」は名称を二回ほど変えたものの、二〇二〇年度が最後の年になった。この年がコロナ騒動で大学の対面式授業がなくなり、オンライン授業のみとなった。これが大変であった。学生に対して今まで以上に説明が必要になり、レジュメだけでなく、丁寧な解釈文も付けることになり手間取った。

また、受講者からの感想、意見を提出させてみると、明らかな誤読、誤解釈がある。対面式授業では素通りしていた問題があることを知った。そこでこれらをまとめて冊子にしてみようと思ったが、それをする余裕は全くなかった。そして思ったのが本書の作成である。もう何年も前から考えていて、昨年亡くなられた龍書房の前社長青木邦夫さんにも話はしていたものの、実行に移さずに年数が経ってしまった。今回山本要さんのご助力を得て一冊にまとめることができ有難く思う。

加えて、大東文化大学の学生、卒業生たちに手助けして頂いた。ほか多く方々に助けられ感謝感謝である。

初出並びに発行所発行年月一覧

作品を読む

黒島傳治「渦巻ける烏の群」
徳永直「太陽のない街」
石坂洋次郎「若い人」
村山知義「白夜」
川端康成「雪国」
島木健作「生活の探究」
石川達三「生きてゐる兵隊」
折口信夫「死者の書」
徳永直「光をかかぐる人々」
以上『昭和の名著』（仮題・未完）

＊

正岡子規「仰臥漫録」
原題「『仰臥漫録』の病」
『小説の処方箋――小説にみる薬と症状――』（鼎書房、二〇一一年一〇月）

藤沢周平『本所しぐれ町物語』
原題「『本所しぐれ物語』　愛と性を考える物語」
『国文学解釈と鑑賞』平成一九年二月号　特集＝藤沢周平の世界（二〇〇七年二月）

事典・辞典

『現代女性文学辞典』（東京堂出版、一九九〇年一〇月）
「稲沢潤子」「米谷ふみ子」「中野鈴子」「中本たか子」「細見綾子」「松田解子」「冥王まさ子」「素九鬼子」「森禮子」
『芥川龍之介大事典』（勉誠出版、二〇〇二年七月）
「佐竹蓬平」「菅忠雄」「菅虎男」「『世界』」「『創作月刊』」「『大観』」「『大調和』」「田中純」「『中央美術』」「中央文学」「『早稲田文学』」「和田久太郎」「案頭の書」「伊東から」「『槐多の歌へる』推賞文」「彼の長所十八」「西郷隆盛」「蜃気楼」「真ちやん江」「早春」
『日本現代小説大事典』（明治書院、二〇〇四年七月）
「島木健作」「赤蛙」「再建」「生活の探求」「伊藤永之介」「鶯」
『社会文学事典』（冬至書房、二〇〇七年二月）
小項目「戦記文学」「捕虜」「戦争犯罪」「戦争責任」、大項目「宗教」、大項目「農

漁村」小項目「農村」「農民作家」「農民文学」「開拓」、小項目「買売春」、同「農民文芸会」「日本プロレタリア文芸連盟」「労農芸術家連盟」「農民文学懇話会」

『司馬遼太郎事典』（勉誠出版、二〇〇七年一二月）「人間について」「人間の集団について」「覇王の家」「燃えよ剣」「司馬文学と明治維新」

『藤沢周平事典』（勉誠出版、二〇〇七年一二月）「鼬の道」「一夢の敗北」「空蝉の女」

『室生犀星事典』（鼎書房、二〇〇八年八月）「ワシリイの死と二十人の少女達」「考へる鬼」「芥川賞」「菊池寛賞」「犀星俳文学賞」「野間文芸賞」「文芸懇話会賞」「室生犀星学会」「室生犀星顕彰大野茂男賞」「室生犀星詩人賞」「室生犀星を語る会」「横光利一賞」「読売文学賞」

『有島武郎事典』（勉誠出版、二〇一〇年一二月）「プロレタリア文学運動」「一つの提案」「文化の末路」「文芸家と社会主義同盟に就いて」「種蒔く人」「秋田雨雀」「今野賢三」

『円地文子事典』（鼎書房、二〇一一年四月）「終りの薔薇」「寝顔」「くろい神」

『増補改訂　日本アナキズム運動人名事典』（パル出版、二〇一九年四月）「金子洋文」「コロンタイ」

その他

「プロレタリア文学と東京」　『世界文学』No.108　二〇〇八年一二月
「印刷された文学作品と直筆」　『大東書道』二〇二二年一〇月

著者紹介

須田久美（すだひさみ）

1955年東京生まれ
1984年大東文化大学大学院文学研究科日本文学専攻博士課程後期課程単位取得
現在大東文化大学、千葉工業大学非常勤講師
著書　『金子洋文と「種蒔く人」―文学・思想・秋田』（2009 年、冬至書房）
編著　『金子洋文短編小説選』（2009 年、冬至書房』
共著　『「種蒔く人」の潮流―世界主義・平和の文学』（1999 年、文治堂書店）
　　　『論集　室生犀星の世界（下）』（2000 年、龍書房）
　　　『室生犀星寸描』（2000 年、龍書房）
　　　『フロンティアの文学―雑誌『種蒔く人』の再検討』（2005 年、DTP 出版）
　　　『「文芸戦線」とプロレタリア文学』（2008 年、龍書房）
　　　『小説の処方箋　小説にみる薬と症状』（2011 年、鼎書房）
　　　『『種蒔く人』の射程―100 年の時空を超えて―』（2022 年、秋田魁新報社）
共編著『大正期の文学と都市』（2001 年、原田企画）
　　　『児童文学の近代的展開』（2003 年、原田企画）
　　　『嘉村磯多と尾崎一雄　「自虐」と「暢気」』（2011 年、龍書房）

近代日本文学の片隅

二〇二三年三月三十一日　発行

著　者　須田久美

発行者　川畑　弘
発行所　龍　書　房
〒一六二—〇八〇一
東京都新宿区山吹町三五二
㈱アドヴァンス内
電　話　〇三—六二八〇—七三五五
ＦＡＸ　〇三—三二六〇—九五七二

印刷・製本　㈱アドヴァンス

定価　二、二〇〇円（税込）